ジューンドロップ

夢野寧子

KODANSHA

ジューンドロップ

やっぱり六月は嫌な月です。洗濯物がなかなか乾かない上に、祝日が一日もなかったり、湿気で髪がうねったり。それだけでもうんざりなのに、毎年六月になると憂鬱なことばかり起きるんです。お気に入りのペンを失くしたのも、MDウォークマンが動かなくなったのも、初めてあれが目の中に現れたのも、みんな、みんな六月でした。

鞄の底で着信音代わりのバイブレーションが鳴り響いたのは、電光掲示板を見上げているまさにそのときでした。父からのメッセージは、全部で三通。一通目には病院の結果が、二通目には母の様子が、三通目にはなるべく早く帰宅するという趣旨のことが書かれていました。わたしは一旦壁際に移動すると、父とのトークを、両親とのグループラインに切り替えました。電車の遅延で、と途中まで入力したところで、一度全部削除して、本屋に寄って来るから、ちょっと遅くなるかも、と送信すると、父からは速攻サムズアップする猫のスタンプが返ってきました。

母からの返信を数分待ったあと、わたしはスマホをSuicaに持ち替え、改札を潜《くぐ》りました。ただでさえ混雑する時間に人身事故が重なったとあって、駅構内は騒然としていました。拡声器特有のノイズ音、音割れしすぎて何を言ってるんだかさっぱりのアナウンスに、聞こえよがしのため息、舌打ち、喧嘩腰に食ってかかる男の声。あーあーよりによって、どうしてわざわざマスクを下げて詰め寄るかなぁ。駅員さん嫌がってんじゃん、なんて他人事のように思いながら（まぁ、実際他人事なんですけど）階段を上っていくと、ホームは思った以上に人でごった返していました。鮨詰めの車両に揺られていくのは避けたかったので、一本、また一本と見送っているうちに、向かいのホームと屋根の間に横たわる空の色が段々怪しくなってきて、電車に乗り込んで、揺られて、T駅で下車してまもなく、遂に堪えきれなくなったように、雨がぱらつき始めました。

駅前を往来する人のうち、傘を差している人と、差していない人は半々くらい。わたしはソフトキャンディの包み紙を開けながら、バスに乗るべきか否か思案します。スマホを見ると、メッセージ脇の既読数は未だ1のままでした。母は通知に気づいていないのだと思います。もしくは気づいていても、読む気が起きないのかもしれません。普段通学時に利用している駅と比べれば多少距離があるとはいえ、T駅からでも歩いて帰れないわけではありません。もっとも現在の空模様と、バスなら十五分の道のりが徒歩なら四十分かかることを考えれば、十人中九人はバスで帰宅することを選ぶでしょう。でも、わたしはあえて十分の一の選択を下すことにしました。

　ガード下に入っていくと、マスクでも防ぎきれないつんとした臭いが鼻をつきました。駅の南北を繋ぐ通路は区民向けのギャラリースペースになっていて、その時々によって絵やら写真やら習字やら、様々なものが展示されているのですが、ガード下という場所柄、地面には作品とは到底呼べないような物も転がっていました。例えば、鱗雲がたなびく赤富士の絵の下には、空き缶が山のように積み上がっていますし、ゴッホの模写らしき萎《しお》れた向日葵の絵の下には、何本か骨が折れたビニール傘の花が咲いていました。他にもパンパンに膨らんだリュックとか、くたくたの寝袋とか。段ボールのカンバスからはみ出したそれらの臭気が、口の中のキャンディの味を塗り替えてしまう前に、わたしは鼠色の空に、折り畳み傘を広げました。

　駅の北口はロータリーに面している一方、南口は公園に面しています。旧水路を利用して作られたこの親水公園は、真夏には水遊びスポットとして、多くの家族連れで賑わうのですが、今は閑散としていました。辺りには雨が傘を打つ音、水車が回る音、小川のせせらぎ――微かな水音だけが響いています。

ひと気がないのをいいことに、マスクを少しだけ下にずらすと、独特の甘い匂いが鼻先をかすめていきました。たぶんジャスミンの匂い。それと、いかにも作り物っぽい果物のフレーバー。視線を落とすと、オレンジ色の水たまりに、炭酸飲料のペットボトルが転がっていました。また、水たまりの先には、煙草の吸殻や丸まったティッシュ、内側に口紅がべったりついた不織布マスクなんてものも落ちていました。足元に仕掛けられたトラップを注意深く避けながら、わたしは公衆トイレを横切り、東屋《あずまや》を横切り、柿の木の下まで来ると、やっと足を止めました。

川沿いの道へ入る一歩手前、遊歩道と公園の境目に立つ大きな柿の木の下には、小さな地蔵堂が建っています。地蔵堂、といっても、作りは東屋と大差ありません。黒い屋根瓦だけは無駄に立派ですが、四方には柱があるだけで、壁はありません。そのため中に祀られている縛られ地蔵には点々と雨が散っていました。

縛られ地蔵――名前の通り、このお地蔵様は荒縄で縛り上げられているのが特徴です。何故、お地蔵様が縛られているのかって？　お百度参りやてるてる坊主と同じようなものだと思ってください。好きな人の名前を書いた消しゴムを、誰にも知られずに最後まで使い切ると、恋が叶うとかいうでしょう？　いわゆるその手のやつです……いや、違うか。どちらかと言うと、ミサンガに近いかもしれません。願いを込めて手首にミサンガを巻くように、願いを込めてお地蔵様を縄で縛るんです。お地蔵様を縛ると聞くと、罰当たりな気がするかもしれませんが、世間では広く認められている行為なんです。嘘だと思ったら、試しにネットでググってみてください。全国津々浦々のお地蔵様がうじゃうじゃ出てきますから。

　ちなみに縛られ地蔵の産みの親は、一説によるとあの大岡越前だそうです。何でもその昔、さるお寺で盗難事件が起きた際、越前守は盗みを黙って見ていたお地蔵様を同罪と見なし、縄をかけてしょっ引いたんだとか。もちろんこれにはふかーいわけがあるのですが、詳しく説明すると日が暮れてしまいそうなので、ここでは事件以降、お地蔵様を縄で縛って願をかけ、願いが叶うと縄を解くという風習が生まれた、ということを説明するに留めたいと思います。

　有名どころのお寺の中には、参拝者が手ぶらでお参りに来られるようにと、有料の荒縄を用意しているところもあるみたいですが、当然ながらここのお堂にそんなものはありません。解いた縄を入れるための桶も、可愛らしいお地蔵様がプリントされたお守りや絵馬もなく、せいぜいあるとすれば区役所名義の「お地蔵様には手を合わせるだけにしてください」という注意書きくらい。にもかかわらず、ここのお堂には根強いファンがいるようで、いつ行ってもお地蔵様はぐるぐる巻きの状態ですし、台座の上にはお供え物がひしめき合っていました。

本日のラインナップは、お茶のペットボトルに、小袋入りのチーズおかき、かりんとう、ぽたぽた焼、それとコーヒーキャンディが二つ。前回来たときにはパインアメが、前々回来たときにはチェルシーのヨーグルト味とバター味が置いてありました。

チューインガムを嚙むみたいに、ソフトキャンディをくちゃくちゃしていると、頭上で瞬くように明りがつくのを感じました。風が出てきたのか、傘を打つ雨粒のテンポが速まって、銀色の包み紙がまとう水滴の量も増えていきます。と、街灯の光がコーヒーキャンディに跳ねて膨らんだのち、カメラのフラッシュみたいに弾けました。

わたしは十分前の自分の選択を、今更ながら後悔しました。わざわざ遠回りなんてしないで、真っ直ぐ家に帰るべきでした。でも、いくら過去を悔やもうが、時間を巻き戻すことはできません。こうなった以上は、泣こうが、喚《わめ》こうが、必ず頭痛が襲ってくるんです。

わたしは膝を折ると、鞄の中をいじり始めました。覚束ない視界の中、ペンケースや教科書をかき分け、どうにか化粧ポーチを引っ張り出すと、鎮痛剤を二錠、口の中に放り込みます。そうこうしている間にも、雨はどんどん勢いを増していき、上着の袖がべったり腕に張り付いてきました。六月らしい温《ぬる》い雨のため、風邪を引くことはないでしょうが、だからといって制服を濡らしていい理由にはなりません。

痛みが本格化しないうちに、何としてでも家に帰らなければ。そう思って立ち上がったとき、わたしは初めて、背後に人が立っていたことに気づきました。とげぬき地蔵ほどの知名度はなくても、ここは知る人ぞ知る人気スポットです。順番待ちの長い行列こそできませんが、参拝者同士がかち合うことはしょっちゅうです。そのため、待ち人の存在自体は意外ではなかったのですが、擦れ違いざまに声をかけられたのは予想外でした。

傘に隠れて首から上は見えなかったものの、声からして相手は女性のようでした。彼女は素っ気ない口調で、それ、と言いました。何がそれなのかわからず黙っていると、黒っぽい傘が持ち上がって、白っぽい顔が現れました。彼女はもう一度、それ、と繰り返しました。目の中に滴る光が邪魔をして、相手の表情を汲み取ることまではできませんでした

が、少なくとも先ほどよりも不機嫌そうな声ではありました。彼女はじれたように、大股でこちらへ近づいて来ると、

「落としてる」

そう言って、地面から拾い上げたものを、わたしに押し付けてきました。相変わらず視界は霞がかっていたものの、自分の手の中にあるものぐらいは流石に把握できました。いつの間にか鞄の中から零《こぼ》れ落ちていたらしい折り畳み傘の袋と、ペコちゃんでお馴染みのミルク味のキャンディ。すみません、と頭を下げると、わたしはスカートを翻《ひるがえ》して、小走りで駅へと引き返しました。

少し仮眠をとったのがよかったのだと思います。瞼《まぶた》を開けると、吐き気をもよおすほどの痛みはほぼ完治していました。頭の中には未だ時限爆弾のようなものがくすぶっていて、時折首の付け根の辺りがピキピキするのですが、それでもひと眠りする前の状態と比べれば雲泥の差でした。

繰り返されるノック音に、のろのろ上半身を起こすと、太ももの間でスカートの襞《ひだ》が悲惨なことになっていました。先日衣替えをしたばかりだっていうのに、早くも台無しになった夏服のスカートを手のひらで撫でさすっていると（そうすれば、ちょっとはプリーツがましになるかと思ったんです）、ノックの音がもう二回響いて、しずくちゃん、入るよ、と断りながら、父が部屋に入ってきました。

まだ帰宅して間もないのか、眼鏡のレンズには細かな雨の跡がついていて、首には何年か前にわたしが贈った安物のネクタイがぶら下がったままでした。今起きたばかりといった風のわたしを見て、もしかして寝てた？　と父は眉をひそめました。いつもの頭痛？　うん。でも、もう治ったから。わたしが首をすくめてみせると、父はそっか、と後ろ頭をかきながら、

「お弁当買ってきたから、ご飯にしようか」

ダイニングへ足を運ぶと、テーブルの上にはお弁当が三つ置いてありました。ハンバーグと鶏飯とシャケ弁ならどれがいい、と訊かれて、お母さんは？　と返すと、父は食卓に箸を並べながら、今日は夕飯はやめとくって、と俯いたまま答えました。

食事を終えると、後片付けはやっておくから、という父の言葉に甘えて、パジャマと下

着を手に浴室に向かいました。頭痛の直後だったので湯船にはつからず、シャワーで汗だけ流してダイニングに戻ると、父は既に箸やグラスを洗い終え、隣室でテレビを見ていました。

八年前、今のマンションに引っ越すのを機に買い替えた液晶テレビは、近頃は局によって、見られたり、見られなかったりするのですが、今は調子が良いらしく、家族団欒風のコマーシャルがきれいに映っていました。和やかな雰囲気で食卓を囲む、父と母と娘。ときどきアングルが切り替わって冷蔵庫や電子レンジが映るのは、家電の宣伝だからでしょう。父はソファにもたれながら、苦々しい表情で画面を眺めていましたが、ふいに顔を引きつらせると、テレビの電源を切りました。

わたしは父の焦りに気づかないふりをして、冷蔵庫のドアを開けました。グラスの縁ぎりぎりまで麦茶を注ぎつつ、お風呂上がったよ、と声をかけると、たった今わたしの存在を発見したみたいに、父はわざとらしく目を丸くしました。早かったね。うん、シャワーだけで済ませたから。そっか。うん。わたしは一気に麦茶を半分ほど飲むと、グラスを持ったまま自室へ下がりました。

ついさっきまで、プリーツスカートにアイロンをかける気満々だったのに、もはやその気は完全に失せていました。勉強机に飲みかけのグラスを置くと、わたしは教科書の上からキャンディを摘まみ上げました。地面に落としたせいで、幾つかペコちゃんの顔が汚れていましたが、中身はいつも通りの味でした。

ベッドに寝転がりながら、口の中でミルキーを行ったり来たりさせていると、にわかに目の端で何かが閃《ひらめ》くのを感じました。例の光がまた牙をむいてきたのかと思って、わたしはぎくりと体を凍りつかせました。ただ幸いにも、今回は勘違いで済んだようです。点滅する青い光を見つめながら、わたしは肩の力を抜きました。視界に捉えたのは、ただのスマホの通知ランプでした。

片頭痛の前触れとして現れる、白い、凶暴な光。初めてその光を目にしたのは、確か小学四年生のときでした。毎年六月になると、母校の小学校では写生会が行われました。この行事は遠足も兼ねていて、お弁当と画板を持って、近所の史跡や公園に出掛けて行くのがお決まりのパターンなのですが、この年は何故か雨天でもないのに、校内で写生会をすることになったんです。引率者の数が足りなかったのか、受け入れ先から許可が下りなかったのかは知りませんが、「今年は学校で自分が一番好きな場所を描きましょう」という先生の言葉に、生徒達の間から不満の声が上がったのは言うまでもありません。

とはいえ、いざ写生会が始まってしまえば、クラスメイトの多くはうきうきした足どりで教室を出て行きました。わたしも画板を首から下げると、友人と一緒に校庭へ向かいました。校門の脇に立つ、蜜柑《みかん》の木を描くためです。一年生のとき、学童保育でちょっとした蜜柑狩りをしたことがあるんです。以来、その木はわたしのお気に入りの場所になりました。

池の中のメダカを描くという友人と背中合わせに、わたしは蜜柑の木を写生しました。我ながら、途中までは会心の出来でした。ただ下描きが終わって、色を塗り始めたところで、わたしは自分が題材選びに失敗したことを悟りました。というのも、まだ初夏ということもあって、実が熟す前だったんです。その色は食べ頃にはほど遠い緑色で、おまけにビー玉くらいのサイズしかないため、画用紙の中の果樹は蜜柑というより、すだちの木のように見えました。

それでも、今更友人の真似をしてメダカを描くわけにもいかず、やけくそ気味に絵筆を動かしていると、突然目の前が真っ白になったんです。あまりの眩《まばゆ》さに、最初わたしは自分が誤って太陽を直視してしまったのだと思いました。担任の先生から、口を酸っぱくして、太陽を直接見てはいけないと注意されていたのに、なんて馬鹿なことをしてしまったんだろうと自分で自分に腹を立てました。でも、すかさず思い直したんです。今日はそれほどカンカン照りだったろうかって。

その日は傘とは無縁の天気でしたが、梅雨の晴れ間と呼べるほどの好天でもありませんでした。実際、わたしは画用紙の上半分を、青ではなく、白と黒を混ぜた色で塗っていました。だとすると、自分は一体何を見たのか？

恐る恐る目を開けると、乾いた茶色い地面に、白い絵の具が飛び散っていました。白といっても、ただの白ではありません。従姉の真央ちゃん一押しのマニキュアのような白です。暗い所では普通の白にしか見えないのに、光にかざした途端、キラキラ輝き出すラメだかパール顔料だかが入ったマニキュアの色。

反射的に顔を背けたのは、目がちかちかしたからです。ただ、逸らした視線の先にも、同じ色が待ち受けていました。ほっそりとした枝には、少し前までたっぷりの緑と、ちょっぴりの青で作った小さな実がなっていたはずなのに、誰が描きかえたのか、画用紙の中に白い光が蠢《うごめ》いていたんです。

それから先のことは、正直よく覚えていません。友人が異変に気づいてくれたのだったか、それとも巡回中の先生が声をかけてくれたのだったか。どちらにせよ、わたしは保健室に担ぎ込まれ、次に目が覚めたときには、母に手を握られていました。頭が割れちゃうかと思った、と訴えると、母は可哀想にと言って、わたしの頭を何度も撫でてくれました。学校から早退した足で向かった近所の内科で、わたしは軽い熱中症と診断され、その後数日間、大量のポカリスエットを飲まされる羽目になりました。

奇妙な白い光が次に現れたのは、それから約ひと月後のことです。算数の授業中、黒板の問題をノートに書き写していると、いきなり閃光が走ったんです。稲妻のような光が、音もなく十ミリ方眼ノートに落ちたかと思うと、規則正しく並んでいた正方形が一斉に歪みました。大量のラメをまぶしたようなマス目は、暫くの間くるくる回転しながら伸びたり縮んだりしていたものの、やがて一つの点に収束しました。

状況を理解できないながらも、事態が落ち着いたらしいことにわたしは胸を撫で下ろしました。けれど、それから一分も経たないうちに、光の点が二つ、三つと増えていったんです。少しずつ、ゆっくりと。まるで瞳の中に、雨が降るような感覚でした。ぽつり、ぽつりと、地面を濡らしていた雨が、いつしか辺り一面を覆いつくしてしまうように、光が視野を侵食していくんです。

一度目のときのように失神することこそありませんでしたが、じわじわと滲《にじ》んでいく世界にふいに耐え切れなくなると、わたしは手のひらで口に蓋をして、トイレへと駆け込みました。先生の許可なしに教室を飛び出したのは、後にも先にもあれ一度きりです。便器の中に顔を突っ込んで、トーストだとか、ヨーグルトだとか、朝食になり損ねたものをげえげえ吐いているうちに、目の中の光はどこかへ行ってしまったものの、直後にやってきた激しい頭痛はなかなか消えてはくれませんでした。

明くる日、母と訪れた総合病院で、わたしは生まれて初めてMRI検査を受けました。眼鏡をかけた女性医師は、撮影したばかりの脳画像をじっくりと眺めたあと、特に異常は認められませんね、と言いました。ここが目、ここが鼻。画像の見方をざっと説明したあと、医師は上半身を屈めるようにして、わたしと目線を合わせてきました。痛くなる前に、何かおかしなことはなかったかな? スカートの裾をいじりながら、キラキラしたものが見えた、と小声で打ち明けると、母はぎょっとした様子でしたが、医師は納得したように頷いただけでした。

片頭痛の前兆として視覚障害が生じるのは、珍しいことではないそうです。視覚に関する脳の血管が収縮して、一時的に血の流れが悪くなるときに見られる「閃輝暗点《せんきあんてん》」という症状だろうと言われました。脳梗塞のような病気の心配はないと告げられると、母はあからさまにほっとした顔になりましたが、閃輝暗点に根本的な治療法はないと釘を刺されると、すぐにまた顔を強張らせました。光が見えた時点で鎮痛剤を飲めば、頭痛が悪化するのを防ぐことはできます。ですが、光そのものを抑える方法というものはないんです――医師の説明に、母はわたし以上に落ち込んでいたものの、だからといって物分かりよく白旗を揚げることもありませんでした。

帰宅すると、母は早速、閃輝暗点について調べ始めました。そうして翌日から、眼科や整骨院、果ては針灸に至るまで、わたしを連れ回すようになりました。母はわたしの病を治すために、ありとあらゆる手段を試そうとしました。食卓には毎日、ワカメの酢の物やひじきの煮物が上がるようになって、一方おやつからはチョコレート菓子が徹底的に排除されることになりました。前者はマグネシウム不足が頭痛の原因になるからで、後者はカカオが頭痛を誘発する懸念があるからです。ただ、いくら頭痛に効くツボを押しても、大好きなチョコレートを我慢しても、思ったほどの効果は得られず、その後もわたしは学校を早退し続けました。

マッサージと食事療法を続けて半年、もはや残る手段は神頼みしかないと母は考えたのでしょう。整体や針灸に代わって、今度は神社仏閣巡りをするようになりました。五條天神社、西新井大師、成田山新勝寺。お正月には祖父母の家に遊びに行くついでに、諏訪大社や善光寺にも行きましたし、春休みにはわざわざ京都の三十三間堂まで、頭痛封じのお守りを買いにも行きました。ただ、そういった名だたる寺社に先んじて、最初に参拝したのは近所の公園にあるお堂でした。

川沿いの遊歩道の終着点に整備されたその公園には、以前にも何度となく赴《おもむ》いたことがありました。幼い頃は夏になると、母がよく自転車の後ろに乗せて、遊びに連れて行ってくれたものでした。園内に作られた流路は、保育園くらいの子どもが水遊びするのにちょうどよい深さだったんです。おまけに駅前にテイクアウト専門の美味しいお寿司屋さんがあるため、お弁当にも困りません。年齢を重ねるにつれ、母と連れ立って出掛けていくことはなくなりましたが、小学校へ入学して以降も、友人と自転車で繰り出したり、学校の写生会で訪れたり等、公園に出向く機会はそれなりにありました。

にもかかわらず、母がお参りに行こうと言い出すまで、わたしは園内にお地蔵様が祀られていることを知らなかったんです。そこまで広い公園ではないので、お堂を目にする機会が一度もなかったとは考えにくいのですが、頭の中の引き出しをどれだけひっくり返しても、お地蔵様に関する記憶を見つけることはできませんでした。大きな木の下で、夕焼け色の実を拾った思い出はあるのに、そこに建つ地蔵堂の記憶は不思議と抜け落ちていたんです。まぁ、子どもの記憶なんていい加減なものなので、覚えていようが、いまいが大した話ではないのですが――その特徴的な外見を覚えていなかったせいで、強い衝撃を受けたことは確かです。

母が真剣な面持ちで合掌する傍ら、わたしは縛られ地蔵の異様な姿にただただ圧倒されていました。そのお地蔵様は、わたしが知るどのお地蔵様とも違っていました。頭の天辺から足の爪先まで、夥《おびただ》しい数の縄がとぐろを巻いていました。幾重にも、幾重にも搦《から》められ、固い結び目がそこかしこにできていました。

うちは特別信心深い家庭ではありませんが、お盆や彼岸でお寺を訪れると、祖母はきまってお墓の入り口に立つお地蔵様にも花を供えたものでした。四歳か五歳くらいのとき、お地蔵様にカルピスをかけて、大目玉を食らったことがありました。別に、いたずらしようと思ったわけじゃありません。ただとても暑い日だったから、お地蔵様にもカルピスを飲ませてあげたかったんです。

もちろん母はわたしを叱りつけましたが、誰より激高したのは祖母でした。お地蔵様は死んだ人を守ってくれる、ありがたい、ありがたい神様なの。だから、絶対に傷つけるようなことはしちゃ駄目――そんなわたしにとって縛られ地蔵の存在は、自分の常識を根本から覆すものでした。家に帰ると、わたしは母のスマホで、縛られ地蔵について検索しました。そうして縛られ地蔵が全国各地にあること、お地蔵様を縄で縛ることは、神をも恐れぬ行為には当たらないことを理解しました。

あの日以来、母に連れられて多くの神社やお寺を回りましたが、神頼みの効果を実感したことはありません。どこへ行くにも薬を携帯するようになったことで、早退や欠席を頻繁に繰り返すことはなくなりましたが、わたしは依然として白い光を持て余していました。

開いた窓の向こうから、隣の部屋のミニチュアダックスの声が聞こえてきました。それからやたら古めかしい、スローテンポな音楽も。オズの魔法使。ジュディ・ガーランド。映画を見たことはありませんが、あなたのＭＤの中に入っていたので、どんな曲かは知っています。

Someday I'll wish upon a star
And wake up where the clouds are far behind me

Where troubles melt like lemon drops
Away above the chimney tops
That's where you'll find me

わたしは小さく口ずさむと、麦茶の残りを飲み干して、歯磨きをすべきか少し迷ったあと、部屋の明りを消しました。

金曜の夜以来、東京ではずっとぐずついた天気が続いています。雨の量そのものは大したことはないのですが、降ったりやんだり、空には分厚い雲が低く、垂れこめています。だからというわけではありませんが、ここ二日間、母はどんよりした表情で塞ぎ込んでいました。食事をするとき以外はほとんど部屋から出てきませんし、場合によっては食事の時間になっても、部屋に閉じこもったままでいます。

母の気分は六月の空のようにむらがあって、絶えず浮き沈みを繰り返していました。わたしと父が作った食事を、美味しい、美味しいと平らげていたかと思えば、次の瞬間にはおみそ汁のお椀の中に嗚咽を漏らしているんです。朝食時の様子を見る限り、母の調子は悪くなさそうでした。前日と違って、Tシャツとズボンに着替えていましたし（昨日は一日中、母はパジャマで過ごしていました）、わたしと父の茶番――そう言えばパパったら、今朝もみそ汁の鍋を噴き零したんだよ。おかげさまでコンロがピカピカになりました！　ちょっと、開き直んないでくれる？――に笑う余裕さえありました。

もっとも昼ご飯までの間に、またぶり返しが来たようです。焼きそばを取り分けるのに必死な父に代わって、食事ができたことを伝えに行くと、二日前から敷きっぱなしの布団がこんもり膨らんでいました。白檀《びゃくだん》の香りで、室内はむせ返るほどでした。アイボリーカラーの三段仕様のチェストの上では、ベビーピンクの香炉が白い煙をくゆらせていました。ご飯できたよ。あえて軽い調子で告げれば、布団の塊がもぞもぞしました。もぞもぞしている上に、びくびく、おどおどしていて、何だかヤドカリみたいな動きだと思いました。ヤドカリは一分くらい押し黙ったあと、悪いけど、パパと先食べてて、と言いました。鼻のつまった、低く、くぐもった声でした。

母がこんな状態になるのは、今回が初めてではありません。お腹の中で小さな命が潰《つい》える度に、母は傷つき、憤り、自分を責めてきました。父にどれだけ君のせいじゃないと言われても、母は自分を許せないようでした。罪滅ぼしのように線香を上げ、おりんを鳴らし、ほんのひとさじ分しか骨が入っていない骨壺の前で手を合わせ続けました。

日常を取り戻すのは、簡単なことではありません。それでも普段通りを装ううちに、母の膿んだ疵口《きずぐち》がかさぶたになっていくのを、わたしはこれまで何度も見てきました。明日になればきっと、母は腫れぼったい顔にファンデーションを塗りたくって、出勤していくのだと思います。そうして窓口で税務相談を受けたり、何も知らない同僚と雑談なんかしたりしているうちに、ちょっとずつ痛みに鈍感になっていくのだと思います。前回も、前々回もそうでした。だから今回だってきっと大丈夫なはず。時間はかかるかもしれませんが、母なら立ち直ることができると信じています——とはいえ、信じるに足るかどうかと、居心地が良いか悪いかはまた別の問題です。わたしはいい加減、線香の匂いを嗅がされることにも、父と一緒に道化を演じることにも飽き飽きとしていました。

正午すぎに降り始めた雨は、焼きそばを食べている間にすっかりやんでしまいました。わたしは後片付けを済ませると、スーパーのチラシをチェック中の父に、ちょっと出掛けてくる、と言って、家を出ました。

川沿いの遊歩道への入り口は、横断歩道を二つ渡って、コンビニを右折したところにあります。銀色の車止めからは、にわか雨の名残がぽたぽたと滴り落ちていました。道なりの山吹の花は、透明な玉でデコレーションされ、足元のレンガ敷では数匹のミミズがのたうっていました。もっとも小雨だったせいか、川は平常通りです。多少水位が上がったくらいで、せいぜい川底の水草がひたるくらい。眼下の川では、一羽のカモがのんびりとさざ波を立てています――待った、前言撤回。さざ波に見えたのは雛だったみたいです。一、二、三、四、五、六、七。全部で七羽。地上から水面までの距離は、八メートルちょっと。この高低差はゲリラ豪雨には役立ちますが、カモの赤ちゃんを観察するには不便です。どんなに目を凝らしても、ここからだとコガモ達は豆粒ほどの大きさにしか見えません。

それでも勘の良い人は気づくようで、周囲には足を止めて、川を見下ろしている人がちらほらいました。チワワを連れたおじさんに、ジョギング中と思われる若い男女。小学校低学年くらいの男の子が、安全柵から身を乗り出そうとして、母親らしき女の人から叱られていました。遊歩道を歩いていると、年に数回は出くわす光景です。春から夏にかけて、この辺りでは沢山のカモの赤ちゃんが生まれます。なのでわたしは特段ありがたがることもなく、カモの親子をスルーしました。わんこそばみたいに、ミルキーを食べては追加して、食べては追加してを忙しなくリピートしながら、高架橋の下を抜け、「感染症拡大防止のためのお願い」のポスターや「歩行者優先」の立て看板を横目に歩き続けます。

本日九個目だか、十個目だかのミルキーが口の中で溶ける頃、目的地である駅前の親水公園に到着しました。雨上がりではありましたが、動物の形をしたスプリング遊具は、パンダもイルカもカエルもどれも満席でした。東屋では大人達が缶コーヒーを片手に寛ぎ、アーチ橋のたもとでは、犬とその飼い主達が井戸端会議を開いています。一昨日とは打って変わって、辺りには公園らしいのどかな空気が流れていました——但し、一カ所を除いて。

園内の片隅に立つ柿の木の下では、全身黒尽くめの女が他者を寄せ付けない雰囲気で何やらぶつぶつ唱えていました。マスクも黒なら、ワンピースも、靴も、傘も黒。もう雨なんて降っていないのに、一人傘を差し続けるその女は、お堂の前に少なくとも五分以上陣取ったあと、遊歩道の方角へ消えていきました。

背もたれ代わりの自販機から上体を起こし、お堂へ近寄っていくと、台座の上には今日も溢れんばかりのお供え物が捧げられていました。かりんとうにヤクルト、ワンカップの一輪挿しに活けられたタンポポ、割れてぼろぼろになったぽたぽた焼に、小魚アーモンドの小袋、それと飴玉が二つ。

思った通り、そこにははちみつレモンキャンディとカンロ飴が一つずつ置いてありました……言ってませんでしたっけ？　ここへ来る途中にも、同じ組み合わせを見かけたんです。高架橋を出てすぐの植え込みの中。「感染症拡大防止のためのお願い」のポスターがあった辺りです。山吹やサツキが、転落防止用の安全柵に寄り添うように花を咲かせる中、一カ所だけ植栽するのをうっかり忘れてしまったような場所があったでしょう？　あそこにも、飴玉が二つ置いてあったんです。

先に言っておきますが、誰かがたまたま落としたと考えるには無理がありますからね。だって、いつ通りがかっても、百パーセント飴が落ちている場所なんて普通ありえないでしょう？　それにさっきも言ったように、あそこにある飴玉は、縛られ地蔵に供えられているのと同じものなんです。片方にのど飴が置いてあれば、もう片方にものど飴が、片方がのど飴から花のくちづけに替われば、もう片方にも花のくちづけが——とくれば、同じ人物の仕業と考えるのが妥当でしょう。飴玉が入れ替わる頻度は、月に二、三回程度。過去の傾向からすると、もう一週間はコーヒーキャンディの日が続くと思っていたのですが、わたしの予想は外れたみたいです。

はちみつレモンキャンディとカンロ飴を見下ろしながら、奥歯に張りついたミルキーを舌でこそげ落としていると、瞳の中に突然、雨が降ってきました。真央ちゃんおすすめのシアーホワイトだか、パールホワイトだかいうネイルカラーにそっくりの雨。頭痛を最小限に抑えられるかどうかは、薬をどれだけ早く飲むかにかかっています。THE NORTH FACEのウェストバッグのジッパーを開けると、わたしは銀色のシートを鷲摑みにし、ざらついた頭痛薬をマスクの隙間にねじ込みました。

光の点は見る見るうちに増殖していきます。最初は一滴ずつだったそれは、いつしかパズルゲームみたいにくっついて、膨らんで、視界を我が物顔で這い回るようになるんです。光が現れてから消えるまでの時間は、五分で済むこともあれば、一時間近くかかることもあって、朝の情報番組の星占い以上にその日の運に左右されます。

少しでも楽な姿勢になろうと地面にしゃがみこむと、落とした視線の先に、小さな柿の実が落ちていました。まだ梅干しくらいのサイズで、くすんだ黄緑色をしています。傍にはへたのようなものも落ちていて、その上を雨垂れからげじげじにメタモルフォーゼした光が、ゆっくりとよじ登っていきます。

「大丈夫ですか？」

げじげじの進行方向に、ふいに誰かのスニーカーらしきものが現れました。

「救急車、呼びましょうか？」

話し手が腰を屈めたのか、先ほどよりも近くから声が聞こえました。ちょっと、眩暈《めまい》がしただけなんで。膝を抱えたまま、喘《あえ》ぐように答えると、会話はそれっきり打ち止めになりました。遠のいていく足音から、わたしは親切な誰かが立ち去ったことを知りました。

瞳の中に雨が降れば降るほど、対照的に口の中は干上がっていきます。今ではげじげじは育ちすぎて、視界の左半分を遮《さえぎ》るほどになっていました。舌の上に残るミルキーの濃厚な甘さに、僅かに血が滲むのを感じました。たぶん、口内炎をいじりすぎたんだと思います。と、誰かの足音が近づいてきて、目の前にペットボトルが差し出されました。白く、華奢なその手は、どういうわけか山吹の花のように露に濡れていました。すみません。自分ではそう言ったつもりでしたが、呂律《ろれつ》が怪しくなかったかどうか確信は持てませんでした。ペットボトルに口をつけると、水だと思っていたものがスポーツ飲料水だったことが判明しましたが、わたしは構わず喉を鳴らし続け、結局ものの数分もしないうちに、５０0㎖入りのペットボトルを空にしてしまいました。

「少しはましになった？」

声のした方を仰ぎ見ると、今流行りの血色マスクで覆われた顔がこちらをうかがっていました。おかげさまで、と答えると、ならよかった、と言って、彼女はわたしの手から、青いラベルのついたペットボトルを抜き取りました。

「あの、今、お金持ってなくて」

「大した額じゃないから別にいいよ。そんなことより具合が悪いなら、こんなところでしゃがんでないで、あっちで休んだ方がよくない？」

彼女はそう言うと、一人でさっさと歩き出してしまいました。自販機脇のゴミ箱にペットボトルを捨てると、彼女は近くにあったベンチに座りました。

「わたし達、前にも会ったよね」

思いがけない言葉に、どこで、と目を瞠《みは》れば、彼女は間髪を入れずに、ここで、と歯切れよく答えました。

「金曜の夕方、お地蔵様の前で傘の袋落とさなかった？　あとミルキー」

あのときの、とわたしが上擦った声を漏らすと、彼女はもったいつけたようにゆったりと足を組みました。左端のスペースを、とんとんと指先で叩かれ、わたしは躊躇《ためら》いながらも、ベンチに腰を下ろしました。

「ミルキーちゃんって年いくつ？」

唐突なミルキーちゃん呼びに面食らいつつも、十六です、と答えると、続けざまに、高一？　高二？　と質問が飛んできました。

「高二です」

「なんだタメじゃん。うちはこの辺り？」

「まぁ」

「どこ中出身？」

「三中です」

「まじか。わたしもほんとは三中通う予定だったんだよね。小学校の途中で引っ越しちゃったから、結局二中に行ったんだけど……顔色、大分ましになってきたね」

彼女は下からのぞき込むように、わたしの顔を見上げてきました。前髪がさらりと流れて、その隙間から真っ赤なニキビが露わになりました。額とこめかみに、大きな膨らみが全部で四つ。わたしはさり気なく目線を外しながら、ポカリを飲んだのがよかったんだと思います、と答えました。

「熱中症かなんか？」

「いえ、違います」

「さっきから思ってたんだけど、ミルキーちゃんって敬語キャラなわけ？」

「そういうわけじゃ……」

「なら、タメなんだから、タメ口でいいよ」

有無を言わせない口調に、はぁ、と頷くと、彼女は続きを促すように、それで、と首を傾げました。

「わたし、頭痛持ちで」

「頭痛であんな状態になっちゃうの？　今にも死にそうな顔してたよ」

「頭痛が原因っていうより、頭痛の前に現れる光がしんどいっていうか」

「光？　それって第六感的な話？」

うさん臭いものでも見るような目つきに、慌てて閃輝暗点について説明すると、彼女は腑に落ちたように、

「だからあのとき、何度教えても気づかなかったんだ」

「全く見えないわけじゃないんだけど、すごく見えづらくて」

「今もその光が見えてるの？」

「今は、大丈夫」

ポカリを飲んだのがよかったと言ったのは、お世辞でも何でもなく事実でした。水分をとった直後から、光は徐々に鳴りを潜め、声をかけられた当初はすりガラスを隔てたようにぼんやりしていた彼女の姿も、今では鮮明に見てとることができました。毛先がやや跳ねた黒髪は胸につくかつかないかくらいの長さで、デニムの短パンに、目の覚めるようなライムイエローのコンバースを合わせていました。

さっきはありがとう、と改めてお礼を言うと、彼女は足を組み直し、マスク越しに顎をかきました。ヘアゴムをはめた右手が前髪をかき上げるのを見て、わたしは今更ながら、ペットボトルを受け取る際、きらりと光って見えたものの正体が水滴ではなく、単なる水ぶくれだったことに気づきました。

「そろそろわたし行くね」

そう言って腰を浮かせかけた彼女に、あの、と声をかけたのは無意識の行為でした。彼女は驚いた表情で、わたしを見返してきましたが、わたしもまた自分の行動にうろたえていました。目の端で水ぶくれのできた白い手を捉えながら、わたしは何度か唇を湿らせました。来週もここに来る予定ある？　わたしの質問に、彼女は胡乱《うろん》な目つきで、なんで、と言いました。

「ポカリのお金、返したくて」

暫くの間、彼女は真意を探るように、わたしをじっと見つめてきましたが、ふいと視線を逸らすと、金曜の六時半でどう？　と提案してきました。

「大丈夫」

「なら、金曜の六時半で」

彼女はそう言うと、今度こそ立ち上がって、駅の方へ歩み去っていきました。

六月だっていうのに、今週は折り畳み傘を使う機会が一回もありません。昨日も今日も、東京の降水確率は0パーセントで、Yahoo! 天気によれば、明日もまずまずの天気が続くそうです。トップページに戻って、芸能ニュースを読もうとスマホの画面をタップしたとき、前方から激しく咳き込む音が聞こえてきました。視線を持ち上げると、反対側の乗車口で、女の人が苦しそうに口元を押さえていました。咳をする度に、上半身がぐらぐら揺れて、フレンチネイルに施されたラインストーンがちらちら光りました。優先席の方で、誰かが大きく舌を鳴らしました。

外を見ると、ドアガラスの向こうを流れていく景色は、マーマレード色に染まっていました。オレンジをことこと煮詰めて作ったほろ苦いジャムの色。あるいは、見ようによっては、エビチリの色に似ていないこともないかもしれません。わたしはチリソース色の空を見上げながら、何となく母のことを思い出しました。

母は月曜から、無遅刻無欠勤で働き続けています。直属の上司にはある程度の報告はしているようですが、同僚達の多くは母が通院していることを知りません。それがかえってよかったようで、職場にいるときだけは、母は余計なことを考えずに済むようです。

毎日母は昼休みになると、何ていうことのないメッセージを送ってきます。「今日の晩御飯何がいい?」とか、「後輩ちゃんが新作チロルくれた」とか。それに対してわたしは「エビチリが食べたい」とか、よだれを垂らしたパンダのスタンプを返すんです。文字やスタンプでのやりとりは、対面でのやりとりよりも遥かに気が楽でした。トーク画面越しであれば、母が空元気を演じていたとしても、発作的に泣き出したとしても、見て見ぬふりをすることができました。

ただ、そんな誤魔化しがきくのは、あくまで家に帰るまでです。いくらオブラートで薬を包んだところで、透明なフィルムが溶けてしまえば、たちまち苦い味が舌の上に広がるのと同じです。

昨日は部活があったので、母よりあとに帰宅することになりました。玄関のドアを開けると、ベージュ色のパンプスが右足分だけひっくり返っていました。またリビングのテーブルには、エコバッグごとエビチリ用のバナメイエビが放置されていました。結局昨日の夕飯は、エビチリではなく、エビとブロッコリーをオイスターソースとマヨネーズで炒めただけのものになりました。YouTube で見つけたレシピの中で、一番簡単そうなのがそれだったんです。

駅のホームに降りると、わたしは時計の文字盤に目を落としました。時刻はおそらく――六時二十分くらい? 高校の入学祝いに祖父母に買って貰った Swatch の腕時計は、色もデザインも気に入っているのですが、文字盤に数字がついていないタイプのため、ざっくりとしか時刻が把握できないのが唯一にして最大の欠点でした。約束の時間までまだ少し余裕があったことから、わたしは駅構内のコンビニに立ち寄ることにしました。待ち合わせ場所に直行するのが嫌だっただけで、欲しいものがあったわけじゃありません。自分で誘ったくせに、何を言ってるんだと思われるかもしれませんが、それでも気が進まないものは、気が進まないのです。

五日前、ポカリちゃん――本名がわからないので、わたしは彼女にあだ名をつけることにしました――を咄嗟《とっさ》に呼び止めてしまったのは、おそらく好奇心が故でしょう。もちろん、お金を返したいというのも本心でしたが、それ以上に自分と同じようにお堂を訪れている人物にわたしは興味を持ったんです。

ただ日が経つにつれ、安易に約束を取り付けたことを後悔するようになりました。もともとわたしは誰とでも仲良くできるようなタイプではありませんし、人見知りの性分を差し引いても、ほんの数分言葉を交わしただけの誰かと待ち合わせをするのは、奇妙なことに思えました。

店内をぐるりと一周したあと、わたしは何も買わずにコンビニを出ました。ガード下へ入っていくと、先週同様、路面には段ボールが折り重なっていました。段ボールの上にはリュックや寝袋と並んで、新たにブルーシートののった台車が加わっていましたが、相変わらず荷物の持ち主らしき姿はどこにも見当たりませんでした。

帰宅ラッシュで混み合う駅とは対照的に、公園内の人影はまばらでした。通行人を除けば、紫陽花の茂みに隠れるようにして、煙草をふかす四人組がいるくらい——と思いきや、お堂の前には既にポカリちゃんの姿がありました。

夏らしい水色の半袖のブラウスに、白のベスト、チェック柄のスカート。セミロングの髪を結ばずに、そのまま肩に垂らしているのを見て、校則違反で怒られたりしないんだろうかと、どうでもいいことが気になりました。ポカリちゃんは中腰の姿勢で、何やら熱心にお地蔵様をのぞき込んでいました。ごめん、待った？　と小走りに駆け寄れば、ポカリちゃんはちらりとこちらを見やったものの、すぐにお地蔵様に視線を戻してしまいました。一瞬、無視されたのかと思いましたが、鞄の紐をぐいっと引っ張られたことで、そうでないことがわかりました。

「あれ、ヤバくない？」

「ヤバいって何が？」

「ほらっ、あれだよあれ」

ポカリちゃんが顎でしゃくった方を見れば、小さなオパールがついたネックレスが、荒縄の上できらめいていました。純金か、十八金か、それともただのメッキかはわかりませんが、お地蔵様の額の辺りに金色のネックレスが引っかかっていました。首につけるには、鎖の長さが足りなかったんだと思います。ペンダントトップが風にゆらゆらする度に、乳白色の石に虹色が浮かんでは消えました。なんでこんなものを、とわたしが嫌悪感を滲ませると、さぁ、とポカリちゃんは冷めた声で答えました。

「縁切り神社かなんかと勘違いしてるんじゃない？」

たとえ縁切り神社であったとしても、私物を置いていくのはどうかと思うのですが、縛られ地蔵にとってこの手のことは、残念ながら日常茶飯事だったりします。ネックレスこそ初めてですが、以前にもネクタイや鎖など縄以外のものを目撃したことはありました。

教育委員会の立て看板によれば、もともとこの場所にお地蔵様が祀られたのは、洪水の犠牲者を供養するためだそうです。昔からこの辺りは水害の絶えない地域で、戦後に大規模な河川整備が行われる以前は、度々死者が出たそうです。だからこそ、鎮魂のために地蔵堂が建てられたのですが、慰霊のためのお地蔵様は、いつしか生きている人間達の手によって、縛られ地蔵へと作り変えられてしまったみたいです。

「これ、いつまでこの状態だと思う？」

「たぶん、そのうち区役所が片付けるんじゃないかな」

「ここのお地蔵様って、区が管理してるの？」

「いや、わかんないけど、公園の中にあるから、そうなのかなって」

前にチェーンのような物が巻きつけられていた際には、何日かするとそれだけ片付けられていたことを話すと、ポカリちゃんはふぅんと相槌を打ったあと、何かに勘付いたように目を光らせました。詳しいんだね、と含みのある口調で言われて、そういうわけじゃ、と否定すると、別に隠すことないじゃん、とポカリちゃんは畳みかけてきました。

「ここのお地蔵様、案外効くって噂だもんね。ミルキーちゃんは、前に言ってたせんきなんちゃらのためにお参りに来てるの？」

「わたしは単に、暇つぶしっていうか……」

「ミルキーちゃんって暇なの？」

「悪い？」

「悪くない、悪くない。わたしも超暇してるもん。学校終わると、みんなすぐ家に帰っちゃうからつまんなくてさー。今どきカラオケで時間潰すわけにもいかないし。そういやミルキーちゃんって、ワクチン打つ派？　打たない派？」

急な話題転換に戸惑いつつも、わたしは正直に答えました。

「親が不妊治療してるから、打つと思う」

ポカリちゃんはきょとんとした表情で、ちょっとの間刺々《とげとげ》しい態度を和らげたものの、意地の悪い笑みを繕い直すと、へぇ、家族思いなんだ、と白々しいことを言いました。そっちは打つの、と同じ質問をぶつければ、ポカリちゃんは他人事のような口調で、わたしは親しだいかなぁ、と言いました。

「親が打てって言ったら打つし、打つなって言ったら打たないんじゃないかな」

ポカリちゃんの言葉尻に重なるように、背後で何かが舞う音がしました。コンビニのビニール袋か、破れたお役所のポスターか。硬質な音ではないので、空き缶ではないと思います。ポカリちゃんはずり落ちかけていた鞄を肩に担ぎ直すと、地面に落ちていた青い実を蹴飛ばしました。小さな果実はころころと転がって、やがてお堂の柱にぶつかって止まりました。

わたしがあっと息を呑むと、ポカリちゃんは、どうかした、と片方の眉をぴくりと上げました。こんなことを言ったら、また揶揄されるかもしれないと身構えながらも、今日はお供え物が少ないなって、と思ったことをそのままに口にすれば、意外にもポカリちゃんは、わたしをまじまじと見つめ返してきただけでした。ネックレスのインパクトが強かったせいで今の今まで見落としていたのですが、いつもは満員御礼の台座の上が、今日はガラガラの状態だったんです。お地蔵様の足元には、不二家のポップキャンディ——ストロベリー味とオレンジ味の棒つきキャンディが二つ置いてあるだけでした。

「誰かが片付けたんじゃない？」

「捨てられたってこと？」

「たぶん」

もったいない。誰に聞かせるつもりもない独り言を呟くと、ああ、SDGsとかそんな感じ？　とポカリちゃんは耳ざとく反応してきました。確かに、世界中に飢餓で苦しんでいる人達がいることを考えれば、食べ物を粗末にするような行為は避けるべきです。

でも、わたしはそういう意味でもったいないと言ったわけではありませんでした。誰かが思いを込めたものが捨てられてしまうことが、単純に忍びなかったんです。ただ、そんなことを赤の他人に説明するのもどうかと思われて口を結んでいると、にわかにポカリちゃんが手を打ったんです。彼女は何かを閃いたような口調で、いいこと思いついた、と言いました。

「もったいないって思うなら、食べればいいんじゃない？」

ポカリちゃんはポップキャンディの一つを摑むや、わたしが止める間もなく包装を破って、ピンク色のキャンディに嚙《かじ》り付きました。白い歯がキャンディを粉々にしていくのを、わたしは呆然と見つめる他ありませんでした。ポカリちゃんはあっという間にストロベリー味を平らげると、続いてオレンジ味を手に取りました。ポカリちゃんは先ほどと同じように、包装を引っぺがすと、今度はわたしに向かって、キャンディを差し出してきました。

「はい、ミルキーちゃんの分」

わたしの動揺が透けて見えたのでしょう。どうしたの？　食べないの？　とポカリちゃんは追い討ちをかけ、ミルキーちゃんって、もしかして罰当たりとか思っちゃう口？　と馬鹿にしたような笑みを浮かべました。あちこち皮が剝けてパッチワークみたいになった唇の隙間から、尖った八重歯が零れ落ちました。

もしポカリちゃんが高校のクラスメイトだったら、この場を乗り切るのは至難の業だったでしょう。毎日顔を合わせる相手ともめることほど、面倒なことはありません。でも幸いにも、ポカリちゃんはクラスメイトでも、友人でも、知人ですらありませんでした。彼女が何故、こんな挑発めいた真似を仕掛けてきたのかはわかりませんが、わたしは百円玉と五十円玉を投げつけて、直ちにこの場を立ち去ることができました。そもそも最初から、ポカリちゃんはわたしのことが気に食わない様子でした。わたしがそうだったように、たぶんここに来るのが嫌だったんだと思います。気軽に誘いを受けたことを悔やんで、そのくせ約束をすっぽかすことには抵抗を覚えたんだと思います。単なる八つ当たり。あるいは同族嫌悪？　どちらにせよ、ポカリちゃんがわたしに喧嘩を売っていることは明らかでした。

その手からキャンディを叩き落としてやったら、ポカリちゃんは一体どんな顔をするだろう。そんなほの暗い想像をしなかったと言えば、嘘になります。けれど最終的に、わたしは未だ水ぶくれの癒えないポカリちゃんの手から、棒つきキャンディを受け取りました。マスクを下ろしてキャンディをひと舐めすると、思ったよりも普通の味がしました。多少べたついてはいますが、それは馴染みのある人工的なオレンジの味でした。視界の端で、夕日がオパールに跳ねて、砕けました。

ポカリちゃんは食い入るように、わたしの口元を凝視していましたが、やがて目を伏せると、ミルキーちゃんって、名前なんていうの、と訊いてきました。

「椎谷《しいや》しずく」

ポカリちゃんは困惑したように、顔を歪めました。自己紹介をするにあたって、この手の顔をされることには慣れていました。もう一度ゆっくり名前を復唱すると、ポカリちゃんは嫌味を言うというより、素朴な感想を告げる口調で、

「めっちゃゴロ悪いけど、それ本当に本名？　ってなんで爆笑してんの？　わたしなんか変なこと言った？」

戸惑うポカリちゃんをよそに、思わず吹き出してしまったのは、彼女の言葉があまりに的を射ていたからです。シイヤシズク。ポカリちゃんの言う通り、ゴロが悪いにもほどがありますよね。イ段ばかりで、言いにくいったらありゃしない。まるで早口言葉にでも出てきそうな名前でした。きゃりーぱみゅぱみゅ級に呼びづらい名前でした。ポカリちゃんはすっかり毒気を抜かれた様子で棒立ちになっていましたが、わたしが名前を尋ね返すと、長い睫毛をはためかせました。

「ウメモトタマキ。タマキでいいよ」

タマキ、と覚えたばかりの名前を呟くと、体温の低そうな肉付きの薄い顔が綻《ほころ》んで、左の頬に小さなえくぼが浮かびました。

ここ十年で一番遅い梅雨入りが気象庁から発表されたのは、本来なら修学旅行で九州へ旅立っているはずの日でした。ちゃんぽんに舌鼓を打つ代わりに、自分で作った特別美味しくもまずくもない焼きうどんを一人で食べたその夜（近頃父はずっと残業続きでした）、またまたヤドカリみたいになった母から、わたしは予期せぬ週末の計画を知らされました。

夕飯ができたことを告げに行くと、母は布団を頭から被ったままの状態で、あとでもらうね、と言いました。それから何度か洟をすすったあと、今週末伺いますって、おじいちゃんちに連絡しといたから、と言いました。毎年六月になると、沼津の祖父母を訪ねるのが恒例になっています。もっとも昨年は例の感染症のせいで、訪問は自粛しました。今年も母の健康を考えれば、静岡へのドライブは当然見送られるものと思っていたのですが、当の本人はそうは考えなかったみたいです。

週末、わたし達は予定通り沼津へ出向きました。去年の春彼岸以来、久々に対面した祖父は、記憶の中の姿よりやや老けこんだ印象でした。半年前に腸閉塞の手術をしたので、そのせいかもしれません。一方祖母は元気が有り余っている様子で、再会するなり、わたしの手をぶんぶん振り回してきました。しーちゃん元気だった？　体調は崩してない？　修学旅行の件は、本当に残念だったわねぇ。早い所、また好きなときに、好きな場所へ行けるようになるといいんだけど……おばあちゃん？　おばあちゃんもちゃんとスティホームしてるわよ。おかげで掃除がはかどっちゃって、はかどっちゃって。でも、庭の柿の木だけは別。掃いても、掃いても限《きり》がないの――。

梅雨の前後に、まだ熟す前の青い実が落ちるのは、珍しいことではありません。珍しいどころか、柿や蜜柑など多くの果樹に共通する〝生理的落果〟と呼ばれる自然現象です。一本の木が生育できる果実の量には限度があるため、木自ら余分な実を落としてしまうんです。そうしないと皆で養分を奪い合って、共倒れしかねないから。野菜だって、花だって、生長過程で摘果なり摘花なりするでしょう？　それと同じです。まぁ、人間がわざわざ手をかけずとも、勝手に間引いてくれる分、果樹の方がお手軽と言えばお手軽ですが、いくらなんでも落ちた実の後片付けまでしてくれるわけではないので、掃除が大変なの、と祖母がぼやいているわけです。

タオルで墓石を拭いている間も、水道で花立てを洗っている間も、祖母のお喋りが止まることはありませんでした。普段であれば、お墓参りのあとは皆で祖母のちらし寿司を囲むことになっているのですが、今回は祖父宅には寄らずに、そのまま帰途につくことになっていました。家での食事なら問題はないと祖母達は主張したのですが、何かあってはいけないからと、母が譲らなかったのです。

別れしな、一日遅れだけど、とはにかみながら、祖母達は伊勢丹の紙袋をくれました。中に入っていたのは、ANNA SUIのタオルハンカチとハンドクリーム、それとピーターラビットの絵柄の図書カードでした。離れて暮らす高校生の孫の誕生日を祝うことが、どれだけ一般的なことなのかわたしにはわかりませんが、少なくとも静岡の祖父母に限って言えば、誕生日のみならず、クリスマスや進学祝い等、わたしに関する全てのイベントを網羅することが自分達の使命と考えているようでした。

翌日曜は、午前中は真央ちゃんのオンライン結婚式に出席して、午後は日帰り旅行の疲れで寝込んでしまった母に代わって、父と二人でスーパーに買い出しに行きました。晩御飯のカレーに必要な人参、玉ねぎ、ジャガイモと、国産豚ロース厚切りに、特売のオーマイのスパゲッティを五袋。あとはひと箱五十枚入りのマスクとサランラップ、卵と牛乳と八十八円の森永の焼プリンをかごに入れて、レジに向かおうとしたとき、ウェストバッグの中でスマホが震えました。父に会計を任せてスマホを確認すると、通知が四件届いていました。うめがスタンプを送信しました。うめがスタンプを送信しました。うめ：試験勉強かったるすぎ。うめ：明日の放課後ひま？

お供え物を盗み食いするという、奇妙な共犯関係で結ばれた日を境に、ウメモトタマキから頻繁にメッセージが送られてくるようになりました。乞われるがままラインＩＤを交換したときには、こんなことになるなんて夢にも思いませんでした。あの日わたし達は、またねと手を振り合って別れました。途中ぎすぎすしていたのが嘘のような円満な別れ方でした。それでも依然として名前とＩＤ以外何も知らないも同然の関係でしたし、具体的に次の約束をしたわけでもなかったので、同じ日の夜、よかったら明日も公園で会わない？　とうめなる人物からメッセージが届いたときには思わず画面を二度見しました。

わたしはここ半年ほど、友人からの遊びの誘いを一つ残らず断ってきました。どんなに注意したところで、病気になるときはなるのだということも、友人以外から感染する可能性がゼロではないこともわかっています。むしろわたしなんかより、日々税務署で不特定多数と接している母の方が、感染リスクは高いのかもしれない。それでもわたしは万が一にも、両親の足を引っ張るような真似はしたくなかったんです。

胎児の命は、母体の健康状態に依存しています。だから母が不妊治療を再開して以降、わたしは家と学校を往復するだけの毎日を送ってきました。マックもパス、サイゼもパス。スタバもサーティワンもスイパラもぜーんぶパス。

でも、母が流産の宣告を受けたことで、緊張の糸が切れてしまったんだと思います。自分で選んで決めたことなのに、何もかも急に馬鹿らしくなって、どうしようもなくむしゃくしゃして、だからといって、またいつ両親が体外受精に再挑戦したいと言い出しかねないと思うと、羽目を外すこともできなくて——そんなときに出会ったのが、タマキだったんです。

たぶん、わたしは暇で、暇で仕方なかったんだと思います。友人達の誘いに首を横に振ることにも、一人でお堂の前で時間を潰すことにもうんざりしていたから、だからタマキの誘いに飛びついたんだと思います。この一週間ちょっとの間、わたしはほぼ毎日タマキと何らかのやりとりをしていました。

どんっと買い物かごが目の前に置かれた気配に顔を上げると、隣で父がポケットをがさごそしていました。安いからって、ちょっとパスタ買いすぎたかなぁ。父はレシートをズボンのポケットにねじ込みながら、ぶつぶつ独り言を言っていましたが、わたしがスマホをいじっているのを見ると、友達？　と訊いてきました。うん、まぁ。わたしは曖昧に答えると、水玉模様のエコバッグを肩から下ろして、人参やジャガイモを詰め始めました。

約一ヵ月間の短い梅雨が明けると、母の体調が回復するのと反比例するように、全国の感染状況が悪化してきました。テスト明けくらいから急増し出した感染者数は、目下うなぎ登り中で、今のペースがこのまま続けば、二週間後には東京の新規陽性者数の七日間平均は一万人を超えるおそれさえあるそうです。

そんなわけで今年の夏も、わたしはそれはそれは楽しい自粛生活を余儀なくされています。昨年に引き続き、長野と秋田への帰省は見合わせることになりました。誰かと海へ行く予定も、カラオケへ行く予定も、ランドへ行く予定もありません。やることと言えば、学校の宿題と、テレビをながら見しつつのＳＮＳ、あとはたまに夏期講習に参加するくらいです。こんなことなら、数学と英語以外の科目も申し込んでおくんでした――まぁ、暇を持て余しているのは、何もわたし一人ではないんですけどね。

山吹が散り、紫陽花が散り、川沿いでは今、百日紅《さるすべり》が見頃を迎えています。空からは雨粒に代わって、SPF50でも防ぎきれないような紫外線と蟬の声が降り注ぎ、足元では切り干し大根みたくぺたんこになったミミズに大量の蟻が群がっています。ここ二カ月ほどで、生まれたばかりのカモの赤ちゃんも柿の実も、見違えるように大きくなりました。移ろう季節の中で、空や川は少しずつ色を変えていきます。ただそんな中でも、変わらないものがないわけではありません。

遊歩道脇の植え込み――「感染症拡大防止のためのお願い」のポスターが針金で括られた安全柵の下には、今日も飴玉が置いてあります。たまに降るたっぷりの雨とぎらついた日差しのおかげで、雑草はどこもかしこも伸び放題。マスク越しにも伝わるほど、辺りには草いきれが立ち込めています。それでも何故かこの一角だけは、除草を終えたばかりのように、いつ来ても整然としているんです。今週のキャンディは、サイダーとコーラ味。飴玉の周りには、無数の穴が穿《うが》たれていて、桜の木の根元には半分潰れた蟬の抜け殻が転がっていました。

滴る汗を拭いつつ、持参したステンレスボトルで水分補給をしていると、みぞおちの辺りにぶぶっという振動を感じました。斜め掛けしていたバッグの中からスマホを取り出すと、うめからメッセージが届いていました。チョココーヒー味とホワイトサワー味ならどっち派？　わたしは素早くチョコと返信して、もう何口か麦茶を飲みました。ボトルを逆さにすると、中の氷がからからからと鳴って、治りかけの口内炎が微かに沁みました。

駅前の親水公園は、今日も大盛況でした。遠出が難しい分、近場の公園に子どもを連れて行く親が多いのでしょう。テレビによれば、どこの観光地も閑古鳥が鳴いているとのことですが、園内の水遊び場は例年以上の人気ぶりでした。お地蔵様に先客がいたこともあって、わたしは公園の中ほどにある橋の方へ足を向けました。水遊び場の真上に架けられた橋は木造で、緩やかなアーチを描いています。妙に古風なデザインなのは、戦前に台風で流された橋を復元したからなんだとか。

欄干に手をかけ、下をのぞき込むと、幼い子ども達が水の中を裸足で走り回っていました。人工の小川には、ごつごつした岩場や水車、小さな滝なんかが設けられていて、遊園地とまでは行かないまでも、子ども達にとっては、ちょっとしたアトラクション代わりになっていました。水車にせっせと水をかける子、滝行もどきをする子もいれば、岩の上によじ登って、シャボン玉を吹いている子もいます。石畳で舗装された周辺では、保護者達が我が子を見守っています。アイスコーヒーやミニ扇風機で涼をとりながらも、大人達のほとんどは厳重にマスクをつけていて、涼しいんだか、暑苦しいんだか、傍から見るとかなりシュールな光景でした。

と、首筋にひやりとしたものを押し付けられて、わたしはびくりと肩を揺らします。笑い声に振り向くと、アイスの袋を持ったタマキが、いたずらっぽく目を輝かせていました。

「びっくりした?」

びっくりした、とオウム返しに繰り返すと、タマキは満足げに目を細めて、チョココーヒー味のアイスをぱきんと半分に割りました。今日のタマキは、袖がシースルータイプの水色のブラウスを着ていました。パピコの片割れを受け取りながら、オーガンジーの下に見え隠れする赤い発疹について、やっぱり腫れちゃったね、とコメントすると、タマキはああ、と自分の左腕を一瞥《いちべつ》して、

「しずくちゃんの言う通りだったわ。注射自体は痛くなかったけど、昨日くらいからめっちゃ痒いんだよね」

そう言って、芝居がかった仕草で肩をすくめてみせました。

夏休みに突入して以降、タマキと遊ぶ機会がぐっと増えました。わたし同様、タマキも

郵便はがき

料金受取人払郵便

小石川局承認

1100

差出有効期間
令和6年3月
31日まで

112-8731

〈受取人〉
東京都文京区
音羽二—一二—二一
㈱講談社
文芸第一出版部 行

ご購読ありがとうございます。今後の出版企画の参考にさせていただくため、アンケートにご協力いただければ幸いです。

お名前

ご住所

電話番号

このアンケートのお答えを、小社の広告などに用いさせていただく場合がありますが、よろしいでしょうか？　いずれかに○をおつけください。

【 YES　NO　匿名ならYES 】

＊ご記入いただいた個人情報は、上記の目的以外には使用いたしません。

TY 000072-2203

書名

Q1. この本が刊行されたことをなにで知りましたか。できるだけ具体的にお書きください。

Q2. どこで購入されましたか。

1.書店(具体的に：　　　　　　　　　　　　　　　　　　　　　　　　)

2.ネット書店(具体的に：　　　　　　　　　　　　　　　　　　　　　)

Q3. 購入された動機を教えてください。

1.好きな著者だった　2.気になるタイトルだった　3.好きな装丁だった

4.気になるテーマだった　5.売れてそうだった・話題になっていた

6.SNSやwebで知って面白そうだった　7.その他(　　　　　　　　　　　)

Q4. 好きな作家、好きな作品を教えてください。

Q5. 好きなテレビ、ラジオ番組、サイトを教えてください。

■この本のご感想、著者へのメッセージなどをご自由にお書きください。

ご職業　性別　年齢

男・女　10代・20代・30代・40代・50代・60代・70代・80代～

学校の宿題をするくらいしかやることがないようで、一週間に二回か三回、多いときはそれ以上の頻度で顔を合わせています。遊ぶ、といっても、子ども達のように、わたし達は水遊びをするわけでも、バネ仕掛けのパンダに乗るわけでもありません。ときにお供え物の飴玉をくすねながら、地蔵堂にやってくる参拝者を遠目から観察したり、副反応ガチャ怖すぎ〜とか、スタバの新作ピーチフラペ飲みた〜いなんて雑談をするだけです。でも、そんなくだらないやりとりが、思いの外楽しいんです。リビングのソファにだらしなく寝そべりながら、クラスメイトのインスタに義務的にいいねをして回るよりも、タマキと過ごす時間はずっと有意義でした。

わたし達は肩を並べて、パピコを吸い上げます。滑らかな舌触りのアイスはミルキーと違って、わざわざ噛まずとも口の中ですっと溶けていきます。タマキは欄干に腕を組むと、眼下に広がる光景を羨む口調で、楽しそうだね、と言いました。

「うちらも入っちゃう？」

「足を拭くものなんて持ってるの？」

「ハンカチだと小さいかなぁ？」

「たぶんね」

タマキは駄々をこねるような声を上げながら、自分の腕にがっくりと突っ伏しました。生え際の汗が一筋流れて、水色のブラウスの襟ぐりに消えていきました。タマキは唇を尖らせて、タオル持ってくるんだったなぁ、とひとしきり残念がったあと、そういやしずくちゃんちは、お盆は田舎とか帰んの、と上目遣いに訊いてきました。わたしは下から舞い上がってくるシャボン玉を手で払いのけながら、

「帰るつもりだったけど、緊急事態宣言のせいで中止」

「まじかー」

「タマキは帰るの？」

「わたしジジババに嫌われてるから、もともと遊びに行ったりしないんだよね。あっ、転んだ」

タマキの言葉に釣られるように視線を落とすと、黄緑色のストローを口にくわえた女の子が、川の中に尻餅をついていました。大方シャボン玉を吹くのに夢中になりすぎて、足を滑らせたんだと思います。女の子はぽかんとした様子で水に浸かっていましたが、父親らしき人物に抱き起こされると、突然火のついたように泣き始めました。タマキは顎にできた赤い膨らみをかきながら、ちっちゃい子ってすごいよね、と言いました。感嘆半分、

皮肉半分といった口調でした。

「うちの妹もしょっちゅうギャン泣きするんだけど、人目を気にしないで号泣できるって、ある意味すごいことじゃない？」

「妹がいるの？」

「言ってなかったっけ？　うるさい盛りの五歳。しずくちゃんはきょうだい――」

タマキは唐突に言葉を切ると、横顔をはっと強張らせました。タマキは後ろめたそうに目を泳がせたあと、ごめん、と謝罪してきました。謝られているこちらの方が決まり悪くなるような、恐縮した態度でした。こういう反応が返ってくるとわかりきっているから、中学でも、高校でも、母が不妊治療していることは伏せてきたのですが、そう言えば事の成り行き上、タマキには打ち明けていたんでした。

一応まだひとりっこ、とあえて茶化すように言えば、空のチューブを握りしめたまま、タマキはこくりと頷きました。生温かい風がタマキの前髪を巻き上げ、シャボン玉を背後へ押し流していきました。タマキは落ち着かない様子で、右の手の甲を撫でさすったあと、さっきの続きだけど、と宙ぶらりんになっていた会話を再開しました。

「子どもって、全身全霊って感じで泣くけど、大人って絶対そんな風には泣けないじゃん。あれ、なんでなのかな？」

タマキは虹色の球体を追い駆けるように、首を反らしながら、

「しずくちゃん、ここに来る前にお地蔵様の前通った？」

わたしはおぼろげながら、タマキが何を言いたいのか理解しました。うん、と頷くと、タマキは、泣いてたよね、と言いました。主語はありませんでしたが、誰について言及しているかは明白でした。お地蔵様の前にうずくまっていた人物は、中性的な背格好で、後ろ姿だけでは性別も年齢も定かではありませんでした。それでも肩の震えと目元を拭う仕草から、その人が泣いていることは容易に想像がつきました。

「前にもあぁいう人見たことあるけど、みんなめーっちゃ静かに泣くんだよね。それこそ、しくしく、さめざめ、みたいな。なんで年をとると、人間って大声で泣けなくなるんだろう」

溶けて液状になったアイスを口の中に流し込むと、わたしは空になったチューブをティッシュにくるんで、バッグの中にしまいました。それからマスクをつけ直すと、青い静脈の透けたタマキの白い手を眺めながら、水分量が減るからじゃないかな、と自分なりの仮説を口にしました。

「水分量？」

「赤ちゃんの体のほとんどは水でできてるって話、聞いたことない？　胎児の体の90パーセントは水分でできてるんだって。でも、大きくなっていくにつれ、どんどん水分量が減っていくの。新生児なら75パーセント、子どもなら70パーセント。大人になると、60パーセントくらいになっちゃうんだって」

「だから泣けなくなるの？」

「そう。ただでさえ水が足りないのに、無駄遣いする余裕なんてないから」

銀色の電車が、街路樹の頭上にそびえる線路を勢いよく走り抜け、どこからともなく響いてくる蟬達の声を、束の間打ち消しました。電車が通りすぎたあとも、タマキは暫くの間焦点の定まらない目を高架橋の方へ向けていましたが、おもむろにマスクを引き上げると、やっぱりうちらも入ろうよ、と言いました。

「タオルなんてなくたって、この天気ならすぐに乾くでしょ」

タマキに手を引かれるまま階段を下りていくと、先ほどの女の子が懲りずにまたシャボン玉を吹いていました。タマキはサンダルを脱ぐと、わたしより一足先に水の中に飛び込んでいきました。虹色の向こうでタマキが腕を振り上げると、細かく飛び散った雫が、割れたガラスみたいにキラキラ光りました。一瞬目が眩んだものの、銀色を帯びた白い残像は、すぐにかき消えてしまいました。ジーンズの裾をたくし上げ、川の中に入ると、わたしはお返しとばかりに、タマキに向かって水を蹴り上げました。

夏休みが終わって、二学期が始まると、例の流行り病は徐々に下火になっていきました。おかげで秋のお彼岸には、母と予定通りお墓参りに行くことができました。その際金木犀の木陰に隠れるようにして、祖母がこっそり教えてくれたことには、来春真央ちゃんはお母さんになるとのことでした。まだまだ出産は先なんだけど、新米パパが張り切っちゃって、張り切っちゃって。もうチャイルドシートまで買っちゃったのよ——初孫のおめでたが相当嬉しいのか、祖母はいつにもまして饒舌で、全く気が早いわよねぇ、なんて口では言いながらも、自分もまた赤ん坊のために、早くもスタイ作りに着手しているようでした。

お墓参りから数日後、両親が不妊治療を再開しました。程なくして、母は一日三回点鼻薬を使用するようになりました。また採卵日が近づいてくると、毎晩自己注射を打つようにもなりました。人が注射を打つところなど、見ていて楽しいものではないので、母が排卵誘発剤を打っているだろう時間は、極力両親の寝室に近づかないことにしていたのですが、一度だけ、うっかりその現場に足を踏み入れてしまったことがありました。

ドアノブを回したとき、まさに母はお臍の下の一番柔らかそうな部分に、針を突き刺そうとしているところでした。母はパジャマの上着をべろんと捲り上げたまま、どうかしたと眉を曇らせました。救急箱、借りたくて。怪我でもしたの？　口内炎が酷いから、パッチ貼ろうと思っただけ。母は安堵の表情を浮かべると、念のため、ビタミン剤も飲んどきなさいよ。そう言って、改めて注射を構え直しました。救急箱から口内炎の市販薬を摑むと、わたしは急いで部屋をあとにしました。銀色の針が、母のお腹に沈んでいくところを見たくなかったんです。

十月末、経膣超音波プローブにセットされた特殊な針が、母の卵巣から五個の卵子を吸い上げました。採取された卵子はシャーレの中で受精、培養されたのち、カテーテルを通じて、再び母の体内へ送り返されました。胚移植から十日後、母は医師から陽性と告げられ、二回目の妊娠判定でも、同じ結果を受け取りました。前回はこのタイミングで化学流産と診断されたことを踏まえると、今回は順調な滑り出しといえました。

とはいえ、不妊治療のゴールはあくまで妊娠ではなく、出産です。いくら受精卵が順調に成長しても、hCG値が陽性反応を示しても、赤ん坊が生まれてこない限りは全部失敗なんです。これまで何度も流産の苦しみを味わってきた母は、わたしに言われなくてもそんなことは百も承知で、だからこそ安定期に入るまでは、職場は言わずもがな、長野や秋田の実家にさえ、何の報告もしようとしませんでした。

一方父は父で、懐妊の知らせに舞い上がりすぎないよう自分を律している節がありました。六年前、使うあてのなくなったベビー用品を処分したのは父でした。当時、母は視界におむつやおもちゃが入るだけで、半狂乱になりました。中身がほとんど入っていない骨壺を胸にかき抱いて、許して、許して、と泣き崩れました。結局、父は赤いガラガラを一つだけ残して、あとは全て知り合いに譲るなり、捨てるなりしてしまいました。

過去の経験上、希望を持つことがかえって自分を傷つけることを、両親は身をもって知っていました。要するに、二人はぬか喜びをしたくなかったんです。だから赤ん坊の胎《たい》嚢《のう》が確認されても、心拍が確認されても、過度に自分を戒め続けたのですが、そんな用心深い両親も流石にクリニックの卒業日には、喜びを抑えきれない様子でした。

母は帰宅するなり、台所でポテトサラダを作り始めました。わたしが思うに、数ある副菜の中でも、ポテトサラダは一二を争うほど作るのが面倒な料理です。ジャガイモの皮を剝いて、茹でるだけでも手間なのに、その上キュウリを塩もみしたり、水にさらした玉ねぎをキッチンペーパーで包んで、ぎゅっと絞ったりしなきゃならないんです。千切って並べるだけのグリーンサラダや、茹でる手間はあっても潰す必要はないマカロニサラダに比べると何倍も骨が折れます。

それでも母は鼻歌まじりに、ジャガイモの入った鍋を火にかけ、冷蔵庫の中からキュウリと玉ねぎと人参とハムを取り出しました。母は軽快にキュウリを輪切りにしながら、明日はクリームコロッケを作るね、と高らかに宣言しました。実際次の日の夕飯には、ポテトサラダとちらし寿司と一緒に、手作りのクリームコロッケが並びました。真央ちゃんの結婚式の引き出物で貰ったお高いカニ缶入りの、カニクリームコロッケです。

夕食後は、父が買ってきたチョコレートケーキを皆で食べました。父も母も気味が悪いくらい上機嫌でした。料理にも、ケーキにも、アルコールなんて一滴も入っていないはずなのに、二人揃って酔っ払いみたいに笑い上戸で、母なんてトップスのケーキを世界一美味しいと大絶賛し出す始末。確かにわたしもトップスのチョコケーキは大好きですが、いかんせん世界一は言いすぎだと思います。そもそも母はつわりのせいで、ほんの一口二口しか食べられなかったんですから、全くおべんちゃらもいい所でした。

ただ、誕生日を控えた子どもみたいに、母がはしゃいでしまう気持ちもわからないではありませんでした。転院を除けば、母はこれまで一度だって、不妊治療クリニックを卒業したことがなかったんです。繰り返しになりますが、不妊治療のゴールは出産であって、クリニックの卒業ではありません。それでもこの六年間に費やされた膨大な時間と費用、涙を考えれば、両親には今この瞬間を手放しで喜ぶ権利がありました。

そういや今日ケーキ買いに行ったときにさ、なんでか知らないけど、道路に大根が落ちてたんだよね。買い物袋から落ちたんじゃない？　いや、でも大根だよ、普通落としたら気づかない？　自転車の後ろに乗せてあったとかなら、案外気づかないかもよ。直樹《なおき》も前に、どっかにしいたけ落としてきたことあったじゃない。あれは落としたんじゃなくて、かごの中に置き忘れたの。かごの中に忘れるのも相当じゃない？　いや、ビニール袋が有料化してから、そういう人増えてるから。こないだも作業台のところに、誰のものでもなさそうな卵がずーっと置いてあって、気になっちゃって、気になっちゃって。それ、直樹が忘れたやつじゃなくって？　なんでそう疑うかなぁ。だって直樹、すぐみそ汁噴かすし。その節は大変ご迷惑おかけいたしました――。

食事が終わってから既に三十分以上経つのに、両親がお喋りに飽きる気配は一向にありません。だからわたしは仕方なく、大して面白くもない夫婦漫才に時折相槌を打つふりをしながら、母が残した分のケーキを黙々と食べ続けます。

数日後に差し迫った十二月最大級のイベントを前に、北口のロータリーはクリスマスムード一色でした。ボウリング場前のピンを模したクリスマスツリーに、街路樹に巻き付けられた赤と緑の電飾、コンビニの前では気の早いことに、サンタのコスプレをした店員がもうチキンの売り込みをしていました。

日本人の多くにとって、クリスマスとは宗教行事とは名ばかりの、普段より少しだけ豪華な食事をする日です。総菜屋で買ってきたローストチキンに、クルトンの浮かんだカボチャのスープ、チーズがとろーり糸を引いたラザニアに、濃厚なチョコレートのブッシュドノエル――ただ、中にはお寿司を食べる家庭もあるようで、ボウリング場の隣の建物には、ちょっとした人だかりができていました。

三階建てのやや年季の入ったビルの一階には、テイクアウト専門の寿司屋が入っていました。幼い頃はよくここでお弁当を買って、南口の公園でピクニックをしたものでした。ショーケースの中には海苔巻きにいなり寿司、握り寿司や押し寿司など沢山の商品が並んでいるのですが、買う物はいつも決まっていました。かんぴょうとキュウリとほんのり甘い卵焼きが入ったたまご手巻きと、いくらの醤油漬けがたっぷり詰まったいくら手巻き。くたくたになるまで水遊びしたあとに、母と半分こして食べるお寿司の美味しいことといったら。こっちの方が具がいっぱい入っているからと、母はいつだってしっぽじゃない方をわたしにくれるんです。もう何年も、何年も前の話です。わたしがまだ何も知らなかった頃の話です。

母は今頃、人生三度目の母子手帳を受け取っている頃でしょうか。朝食の席で、今日は時間休をとって、母子手帳を貰いに行くのだと、母は嬉しそうに言っていました。と、にわかに側頭部がずきりと痛んで、わたしは眉間に皺を寄せました。四限目の途中に現れた白い光は、お弁当を食べているうちに霧散しました。割れんばかりの頭の痛みも、五限目が終わる頃には小康状態となったのですが、それでもまだ百パーセント完治には至らないようで、時折思い出したように、頭の中で火花のようなものが爆《は》ぜるのを感じました。わたしは舌の上に残っていたキャンディの欠片を飲み込むと、おろしたてのマフラーをきつく巻き直して、寿司屋とは反対方向に歩き始めました。イーストボーイのグレーのマフラーは、早めのクリスマスプレゼントとして、三日前に祖父母から届いたものでした。

夕焼けチャイムが過ぎたあとの園内は、底冷えするような静けさに包まれていました。冬季期間中は水の流れも止まるため、水車の回る音も、せせらぎも聞こえません。耳に届くのは、風に木々がしなる音と、落ち葉を踏む自分の足音。それとそう――耳をすますと、誰かが低く咳き込む音も。

街灯の明りを頼りに、音が聞こえた方へ足を進めて行けば、そこにいたのはタマキではなく、不自然なまでに着膨れた人影でした。毛羽だった毛糸の帽子、色落ちした黒のダウンジャケット。暖を取るためか、ジャケットの下からはフリース素材のカーディガンらしきものがのぞいていて、下は下でどう見てもサイズの合わないズボンを、幾重にも裾を折って穿いているようでした。どれもこれも着古した風なのに、首元の若草色のマフラーだけがいやに真新しくて、ちぐはぐでした。

風下に立っている影響で、わたしは強烈な臭いをもろに食らうことになりました。それでも何となく足を動かす気になれなかったのは、この寒空の下、その人がわざわざ帽子をとったからです。凍てついた風が、伸び散らかった灰色の髪と、湯気のような白い息を吹き散らしました。その人はポケットの中をかき回すと、お地蔵様の前に何かを置きました。それから、一、二分頭を垂れたあと、小脇に抱えていた帽子を目深に被り直して、暗がりの中に溶けるように消えていきました。

お地蔵様へ近づいていくと、相も変わらず台座の上はお供え物で満たされていました。特濃コーンポタージュ、蜜柑、サンタブーツに入った駄菓子に、チュッパチャプス、小袋入りの柿ピーと本物の柿の実が一つずつ。土がついている上にひび割れているので、おそらく地面に落ちていたものを、誰かが拾って置いたのでしょう。地蔵堂の周りには、やや角ばった橙色の実がぽつんぽつんと落ちていました。

近くにあったものを爪先でひっくり返せば、種が剝き出しの状態で、その大部分は何者かに食われたあとでした。お菓子の柿の種には似ても似つかない、黒くてふっくらとした種子を見下ろしていると、しずくちゃんと名前を呼ばれました。体をくるりと反転させると、タマキが落ち葉を踏み鳴らしながら、こちらへ向かって駆けてくるところでした。ごめん、待った、と訊かれて、わたしも今来たとこ、と答えると、タマキはベージュの不織布マスクの下で、盛大に洟をすすりました。

「今日はまた一段と寒いね」

朝夕の気温が十度を大きく下回る日が続いているというのに、タマキは未だにブレザーにマフラーという格好を貫いていました。学校指定のダサいコートを着るくらいなら、ヒートテックを重ね着して、着膨れした方が百倍ましなんだそうです。タマキは少しでも寒さを紛らわせようと、その場で足踏みをしながら、これでまだ十二月とか信じらんない、とぶー垂れていましたが、お地蔵様に目を向けた途端、喜々とした声を上げました。

「なんか面白いのつけてんじゃん」

――言いそびれていましたが、本日の縛られ地蔵は、いつもとは一味も二味も違っていました。温かそうな赤い毛糸の帽子と、同じ毛糸で編まれた前掛けが奉納されていたんです。赤い帽子も赤い前掛けも、お地蔵様が身に着けるものとしてはごく一般的なものですが、こと縛られ地蔵に限っていえば、場違いにもほどがありました。だって、考えてもみてください。もともと縄でぐるぐる巻きにされているところに、帽子と前掛けを着せられるんですよ？　ただでさえこの時期は、一年分の願いが溜まりに溜まって、お地蔵様が窒息寸前まで追い詰められている頃なのに。

縛られ地蔵が解放されるのは、年末の一度きり。確か解いた縄を近くの寺でお焚き上げして、新年を迎えると、一番縄が結ばれるとネットか何かで読んだ気がするのですが――よりによって一年で一番お地蔵様が窮屈な思いをしているときに、無理やり冬支度をさせようなんて、もはや厚意でも信心でも何でもなく、ただの嫌がらせとしか思えませんでした。

と、コートを引かれる気配に隣を見ると、タマキが意味ありげに目配せをしてきました。背後に視線を送ると、二メートルほど離れた場所に、赤い自転車が停まっていました。ハンドルを握っていたのは、母と同年代くらいの女の人でした。前かごにはカラフルなエコバッグと、何故かクマのぬいぐるみが乗っていました。無言で頷き合うと、わたし達は自販機脇のベンチへと移動しました。タマキは手袋をはめた両手を、ごしごしこすり合わせながら、この寒い中、よく来るよね、と耳打ちしてきました。

「うちらも人のこと言えた義理じゃないけど、何もこんな時間帯に来ることなくない？　あと何あのクマ？　飼い犬とちげぇんだぞ」

「ぬいぐるみのことはよくわかんないけど、この時間帯にしか来られない人なんじゃないかな」

「いくつくらいだと思う？」

「四十くらい」

「えー、もっと上じゃない？」

暫くの間、わたし達は参拝客を盗み見しながら、あの服装はきっと近所の主婦だとか、いやいや案外公園の裏手にある保育園の保育士が帰りがけに立ち寄ったのかも、なんて好き勝手くっちゃべっていましたが、女性が自転車に乗って走り去ってしまうと、そういやあそこの柿の木、とタマキは顎をしゃくりつつ、また別の話題を振ってきました。

「今年はやけに実の数が少ないと思わない？　去年はもっと沢山なってた気がするんだけどな」

「柿って隔年で豊作と不作を繰り返すから、そのせいだと思う」

「なんで一年おきにしかなんないわけ？」

タマキはタータンチェックのマフラーに顔を埋めながら、不服そうに唸りました。

「前の年に養分をいっぱい使った分、次の年は節約しなきゃって思うからじゃないかな」

「思うって誰が？」

「木が」

「木？　木が五百円玉貯金でもするわけ？」

「五百円玉貯金はしないけど、植物って、自分の体を維持するための調整機能みたいなのを持ってるんだよね。ジューンドロップって知ってる？」

「ジューンドロップ？　ジューンブライドじゃなくて？」

「お地蔵様の周りに、ちっちゃな柿の実が落ちてるの見たことない？」

「ああ、あの緑色のやつ？」

「そうそれ。梅雨の時季に、まだ若い実が自然と落下する現象のことを、ジューンドロップとか、生理的落果っていうんだ。一本の木が育てられる実の数には限りがあるから、子孫を残せない種の入ってない実とか、他より弱そうな実は、小さいうちに落としちゃうの」

「木自らが淘汰してるってこと？」

淘汰というより、生体恒常性《ホメオスタシス》に近いと思いながらも、うん、まぁ、そうなるのかな、と調子を合わせると、どういうわけかタマキは瞳を陰らせました。

「なんか怖いね」

「そう？」

「だって、役に立たないやつは死ねってことでしょ？」

思いも寄らない物騒な発言に、わたしは一瞬、言葉を失いました。

生物の教科書において、動植物はどちらも核や細胞膜、ミトコンドリアを持ち、基本は有性生殖を行うものとされています。とはいえ、植物は一般的に、動物のように動くことも、鳴くこともありません。カモの赤ちゃんとは違うんです。不妊や体格を理由に、カモの赤ちゃんが親ガモからネグレクトされたら可哀想だとは思いますが、受粉不良や大きさを理由に、柿の実が枝から切り離されたとしても、気の毒だとは思いません。柿の実は赤ん坊というより、受精する前の卵子のようなものです。月に一度、子宮内膜や血液と一緒に体外に排出される卵子を、不憫だと思う人間はそうはいないでしょう。

でも――いつだか母は、トイレにこもって泣いていたかもしれません。精子と巡り合えないまま、生まれる前に死に絶えた血まみれの卵を悼んで、便器に嗚咽を漏らしていたかもしれません。

木立の間を吹き抜けていく風の音が、記憶の中の母の声に重なって、こめかみが疼くのを感じました。単にバランスをとっているだけだよ。自分に言い聞かせるように、もつれた舌を動かしながら、わたしは鞄の中のミルキーに手を伸ばしました。甘いキャンディを舐めると、ちょっとだけ気分が楽になりました。よかったら食べる？　そう言って、飴の袋を差し出せば、タマキは張りつめていた表情をふいに和らげました。

「しずくちゃんって、初めて会ったときもミルキー持ってたよね」

そうだったっけ、ととぼけてみせると、そうだったよ、とタマキは力強く断言しました。少しむくれた、子どもっぽい口調でした。タマキは袋の中からミルキーを一粒手に取ると、ミルキーなんて、いつぶりだろう、なんて言いながら、摘まみ上げたキャンディをしげしげ眺めていましたが、ふとわたしに一瞥を寄こすと、ある意味これもドロップだよね、と言いました。

「意味はともかく、ジューンドロップって、響きだけならしずくちゃんのためにあるような言葉じゃない？」

「どういう意味？」

「しずくちゃん、ミルキー大好きだし、それにジューンドロップって、六月の雫って意味でしょ。しずくちゃんって、確か六月生まれだったよね？」

——そう言えば、以前暇つぶしに、タマキと動物占いをしたことがあったかもしれません。わたしはクロヒョウで、タマキは……なんでしたっけ。顔を寄せ合うように、二人でスマホの画面をのぞき込みながら、「占いはこれだから当てにならない」と散々駄目出ししたことは覚えているのですが、それ以外の記憶は碌に思い出せなかったので、正直タマキがわたしの誕生月を覚えていたのは意外でした。よく覚えてたね、と感心すれば、タマキはこれでもわたし、記憶力いい方なんだ、と得意げに胸を反らしました。

「しずくちゃんの親御さんって、やっぱ耳すま好きだったりするの？」

耳すまはわからないけど、と苦笑まじりに言葉を濁したあと、ミルキーは好きだったみたい、と付け足すと、タマキは面白がるように、黒目がちの瞳をぱちぱちしました。

「うちの父親、いつもミルキーを持ち歩いてたせいで、学生時代はペコって呼ばれてたんだって」

「しずくちゃんのミルキー好きは遺伝ってこと？」

「たぶん、そうなんじゃないかな」

「じゃあさ、妹ちゃんか弟くんも、将来ミルキー好きになるのかな？」

タマキには、少し前に母が妊娠したことを伝えていました。わたしはどうかな、とそれとなく目を背けると、ペコちゃんの顔がプリントされた真っ赤な袋を、鞄の底に押し込みました。

近頃、同じ夢をよく見ます。

夢の中のわたしは、手も足も背も何もかも小さくなっていて、目に映るもの全てがいちいち大きく見えました。遊歩道を彩るハイビスカスみたいなサツキに、レインコートを着せられたヒグマみたいなレトリバー、桜の木の下で雨宿りするカラスは一見すると大鷲のようで、転落防止用の安全柵は、目線とほぼ同じ高さにありました。何だか巨人の世界に、うっかり迷い込んでしまったような気分でした。

夢の中で、わたしはレモン色の長靴を履いて、芽吹いたばかりの若葉を思わせる黄緑色の傘を差していました。背中のランドセルが重すぎるのと、横殴りの雨のせいで、手の中の傘はひどく不安定でした。強い風が吹きつけてくる度に、傘ごと体が引きずられてしまうせいで、隣を歩くあなたのシャツには所々染みができていました。腕や脇腹を傘の尖った部分でぶすぶす刺されるわけですから、冷たい上に痛みもあるでしょう。それでもあなたは文句一つ言わずに、固く口を噤んでいます。

あなたがどんな表情をしているのか知りたくて、わたしは天を仰ぎます。でも、大きな黒い傘が邪魔をして、あなたの顔は見えません。わたしはあなたの気を引こうと、ワイシャツを引っ張ろうとして、誤ってバランスを崩します。滑って、転びそうになって、風になびくネクタイを摑もうとしたところでふいに目が覚めて、今度は意識が覚醒した状態で、天井や壁紙、額にかざされた右手――視界一面に乱舞する光の雨を、呆然と眺めることになるのです。

保健室で仮眠を取りすぎた上に、人身事故の余波を受けたせいで、公園に到着したのは日が暮れたあとでした。電車でT駅へ向かう途中、タマキ宛てに、五時半くらいになりそう、と送ると、OKという絵文字とハチ公のスタンプが返ってきたのですが、お堂の前にも、自販機脇のベンチにも、マネキンめいたほっそりとしたシルエットは見つかりませんでした。霧雨にけぶる園内に、今佇んでいるのは、おそらくわたしを除くと一人きりです。

昨年末に、大幅な減量を成功させた縛られ地蔵ですが、まだ二カ月しか経っていないのに、その体には既にリバウンドの兆候が見られました。首から上は流石にまだ手付かずのままですが、胴体部分の六割近くは、早くも縄で覆われていました。

そんな縛られ地蔵の前で、男は手を合わせるでもなく、頭を垂れるでもなく、ぷかぷか煙草をふかしていました。カーキ色のモッズコートに、雨の日にコンビニの店頭でよく見かける柄の黒いシンプルなビニール傘。男は黒のウレタンマスクを顎に引っ掛けたまま、血色の悪い唇から焦げたキャラメルみたいな臭いの煙を吐いていました。タマキと連絡をとるため、鞄の中のスマホに手を伸ばそうとしたとき、雨音に混じって、鈍い音が鼓膜を震わせました。傘越しにそっとのぞき見れば、男は何食わぬ顔で、携帯用の吸い殻入れに煙草を押し込んでいるところでした。男は吸い殻入れを左手ごとコートのポケットにしまうと、ウレタンマスクを引き上げ、ゆっくりとした足取りで公園から出て行きました。

わたしは一歩、二歩と足を運んで、ぬかるんだ地面から、パインアメと黒飴を拾い上げました。蓮の花を模した石づくりの台座の側面には、靴跡らしきものがついていました。倒れたヤクルトを起こすと、わたしはその隣に飴を二つ置きました。

改めてスマホを確認すると、誰からも何の通知も届いていませんでした。学校が終わりしだい集合、というざっくりとした待ち合わせ時間のため、互いに待ちぼうけを食らうことはしょっちゅうです。それでも、帰りがけに急な用事が入ったときなどは、連絡し合うのが常なのですが――何かあったのだろうかと、スタンプをいくつか送ったところで、既読がつくより先に、木々の向こうから見慣れた傘が現れました。光沢感のある黒地に白の、チューリップ柄の傘。目が合うと、タマキはこちらに向かってひらひら手を振ってきましたが、歩調を早めることはありませんでした。

互いの距離が縮まって行くにつれ、わたしはタマキの歩き方がどこかぎこちないことに気づきました。また、制服のスカートがぐっしょりと濡れ、太ももからすねにかけて、黒ずんだ汚れがこびりついていました。どうしたの、と駆け寄って行けば、タマキは街灯にしがみつきながら、自転車とちょっと、と奥歯に物が挟まったような言い方をしました。

「轢《ひ》かれたってこと？」

「轢かれたっていうか、ぶつかった？」

「警察は呼んだの？」

「まさか」

「なら相手の連絡先は教えてもらった？」

「こっちの連絡先は教えたよ」

どうにも噛み合わない会話に、なんで普通逆でしょ、と気色ばむと、向こう、子連れのママでさ、とタマキはまたもとんちんかんな返事を寄こしました。

「うちの子が怪我でもしたらどうすんのーってすごい剣幕で」

「だから何？　悪いのはどう考えたって轢いた方でしょ。それとも歩きスマホでもしてたわけ？」

「してないけど、向こうも自転車ごとスッ転んでたから」

タマキは前髪をいじりながら、だからまぁ、ねっ、と口を濁しました。街灯を摑んでいたせいか、タマキの右手は制服のスカートと同じくらい濡れていました。手の甲に浮かんだ雨粒のうち、幾つかは手首の方へと滑り落ちていき、もう幾つかは重力に逆らって、その場に留まり続けました。

街灯の光を吸い込んだ水滴のきらめきは、閃輝暗点の症状によく似ていました。また、ここ一カ月ほど寝起きに現れる光にもそっくりです。最近どういうわけか、頭痛の前触れ以外にも白い光が見えるときがあるんです。一時間ほど前、保健室で目覚めたときもそうでした。普通の閃輝暗点と違って、一分ほどで消えてしまうため、これといって実害はないのですが、それでもうっとうしいことに変わりはありません。わたしは光を振り払うように、軽く頭を揺すると、タマキとの距離を一歩詰めて、

「今からでもいいから警察に行こう」

「大した怪我じゃないからいいよ」

「あとから痛みが酷くなるかもしれないでしょ」

「大ごとにしたくないの」

「泣き寝入りするってこと？」

「いや、そうじゃなくて」

「どうして何も悪いことしてないのに、タマキが加害者みたいに扱われなくちゃなんないの。被害者が馬鹿を見るなんて絶対に間違ってる」

「ちょっと落ち着いてよ。なんでしずくちゃんがそんなにキレてんの？」

キレてなんていない、と大声を張り上げた瞬間、理性の箍《たが》が外れかけていることを自覚しました。タマキの言うことはもっともでした。自分が被害にあったわけでもないのに、わたしは異様なまでに腹を立てていました。目の前が真っ赤になって、タマキの言い分なんてお構いなしに、交番に駆け込む気満々でした。

どうしてこんなにも、怒りがふつふつと湧いてくるのか。夢見が悪かったからとか、タマキが現れる前の一件が尾を引いているとか、前髪をかき分けた白い手に、また水ぶくれができていることに気づいてしまったとか、理由はそれこそ星の数ほど挙げられましたが、結局その中から一番無難そうなものを選んで、だって、タマキが怒らないから、と言い訳めいた言葉をもごもご唱えると、タマキはため息まじりに、そっか、と呟きました。

「でも、わたしは大丈夫だから、ねっ？」

タマキはわざわざ傘を持ち換えると、濡れていない方の手でわたしの肩をぽんぽんと叩きました。年長の子が妹をあやすような、優しい声と手つきでした。雨脚が強くなってきたのか、足元に落ちていた空き缶がからから音を立てながら、視界の外へ消えていきました。タマキはちょっとの間、マフラーのフリンジを片手でもてあそんでいましたが、やがてごめん、と切り出すと、今日はもう帰るね、と言って、わたしに背を向けました。

この雨の中、わたしには家まで歩いて帰る気力もなければ、タマキを追い駆けていく勇気もありませんでした。だからお地蔵様の元で五分ほど待機してから、バス停へ向かおうとしたのですが、何故か振り向いた先に、とっくに北口へ向かったはずのタマキの姿があったんです。しかも地面にうずくまった状態で。一目散にタマキの元まで走って、足痛いの？　と尋ねれば、タマキは下を向いたまま、ちょっとね、と答えました。痛みを堪えているせいか、極端に抑揚のない声でした。

「救急車呼ぼうか？」

「いやいや、このくそ忙しい時期に、足捻った程度で救急車呼ぶとか超迷惑でしょ」

「なら、家まで送ってく」

タマキは初め遠慮したものの、わたしの意志が固いことを悟ると、諦めたように肩に手を回してきました。

公園から歩いて約十五分、タマキの道案内の末に辿り着いたのは、大通りから一本奥まった所にある小奇麗なマンションでした。当初は正面玄関の前で別れるつもりだったのですが、どうせならうちまで送ってよ、と言われて、一緒に自動ドアを潜ることになりました。タマキのうちは、エレベーターを降りて正面の707号室でした。タマキはドアに鍵を差し込むと、中に入るようわたしを促しました。

玄関にはファー付きのショートブーツと男物のスニーカー、ライムイエローのコンバースが並んでいました。タマキの部屋は、玄関を上がってすぐの洋間でした。ドアを開けて左手にベッドが、窓際に勉強机と本棚が配置されていました。部屋のサイズも、置いてある家具も、わたしの部屋とそう変わらないのに、やけにがらんとした印象を受けるのは、整理整頓が行き届いているからでしょうか。わたしは枕が一つ置いてあるだけのベッドにタマキを横たわらせると、手を洗わせてもらってもいいかな、と尋ねました。飴を拾った際、手についた泥を落としたかったんです。タマキは枕に顔を埋めたまま、廊下に出て正面のドアの先、と言いました。

教えてもらったドアを開けると、大きな鏡のついた洗面所がありました。壁に備え付けのタオルハンガーには、色違いのタオルが三人分かかっていました。蛇口の栓を捻って、爪の奥に入り込んだ汚れを落としていると、開いた引戸の向こうから、サイレンが聞こえてきました。洗面所の隣はダイニングキッチンのようで、四人掛けのダイニングテーブルが据えられていました。その更に奥には、ベランダに続く窓と布張りのソファ、木製のローチェストも見えました。

手を洗い終えたその足で、タマキの部屋に戻らなかったのは、ローチェストの上に見覚えのある物を見つけたからです。陶器製の入れ物には、愛らしい天使の絵が描かれていました。それは色も、形も、大きさも、うちにある物とは微妙に違いましたが、周囲に写真立てやぬいぐるみが飾られてあったことから、同じ用途のために作られた物だとわかりました。窓の外を見ると、洗濯ハンガーが風に揺れて、物干し竿から、雨垂れがぽたぽたと落ちていました。いつの間にか、サイレンはやんでいました。

部屋に戻ると、タマキはわたしが出て行ったときと同じ姿勢で、ぐったりとしていました。やっぱり救急車呼んだ方が……。わたしの言葉に、タマキは即座に、しずくちゃん過保護すぎ、と憎まれ口を叩きましたが、その声はひどく弱々しいものでした。

「また、ラインするから」

帰りがけにかけられた言葉を信じて、わたしはタマキの部屋のドアを閉めました。湿った革靴に足を通して、ドアを開けたちょうどそのとき、エレベーターから一人の女の人が降りてきました。隣人かと思って会釈すると、女の人は会釈を返しながらも、不審そうに眉を寄せ、ややずれかけていたマスクの位置を直しました。ベージュ色の血色マスク——それが、タマキがいつもつけているのと同じマスクだと認識した途端、自分の心臓が大きく跳ね上がるのを感じました。

「あのっ、わたしタマキちゃんの友人で」

特に何を言われたわけでもないのに、取り調べでも受けているような心地で弁解すると、タマキの母親は一層顔をしかめましたが、その表情はどちらかというと警戒しているというより、うろたえている風でした。もしかして、メイのお友達ですか？　思ってもみない言葉に、今度はわたしが眉をひそめる番でした。

わたしは失礼しますと頭を下げると、壁に立てかけてあった傘を摑んで、エレベーターに飛び込みました。たった今起こったばかりのことを頭の中で反芻しながら、小走りに来た道を引き返していくと、運よくロータリーにバスが停車していました。乗車口でSuicaをタッチすると、わたしは車内後方の席に腰を下ろしました。バスが発車してまもなく、鞄の中で青い光が点滅していることに気づきました。スマホのロック画面は、両親からの通知で埋め尽くされていました。どうやらこの夏、わたしには弟ではなく、妹ができるようです。

ふいにエンジン音が途切れて、車内が静寂に包まれました。面を上げると、横断歩道を渡る色とりどりの傘と半透明な自分の顔が見えました。わたしは窓に映ったもう一人の自分が、妹の誕生を二人分喜んでくれることを期待して、口角を上げました。自分では破顔したつもりでした。でも、マスクで口元が隠れてしまっているせいで、ちっとも喜んでいる風には見えませんでした。

視線を横にずらすと、フロントガラスを幾筋もの雨が伝い落ちていました。わたしはワイパーが行ったり来たりするのを見るともなく眺めていましたが、信号が青に変わってバスが動き出すと、座席越しに伝わってくるエンジン音に耳を傾けながら、瞼を閉じました。

海の向こうで戦争が始まったのと時を同じくして、母のお腹が急に目立つようになってきました。それまでは多少顔がふっくらしたくらいで、外見上の変化はほとんど見られなかったのに、今ではマタニティマークをつけなくてもバレバレなくらい、母のお腹はぽっこりと膨らんでいました。

二月下旬の最悪の時期に比べれば、国内の感染状況は大分改善の兆しが見えてきたとはいえ、ネットニュースによると、昨日も全国で四万三千人以上が感染して、六十一人が死亡したそうです。毎日スマホを見る度に、誰かがどこかで死んでいることを実感します。戦争、弾圧、天災、事故、貧困、いじめ。母のお腹の中で、妹の命がすくすく育まれていく一方で、絶えず誰かが死んだり、殺されたりしています。

世の中って、本当に不公平ですよね。いつ、どこで、誰の子どもに生まれるかによって、生存確率が天と地ほどに違う。電気やガスのある時代に、戦争のない国で、お金持ちとは言えないまでも、金銭的に余裕のある家庭で生まれ育ったわたしは、間違いなく幸福な子どもといえました。わたしは両親にも、祖父母にも、友人にも恵まれていて、恵まれている上に運もよかったので、生まれてこの方一度だって大病を患ったこともなければ、大怪我をしたこともありませんでした。

二月から三月にかけて、世間では本当に色々なことが起こりましたが、わたしの生活で変わったことがあるとすれば、受験対策に塾に通い始めたことくらいです。よその大陸でどれだけ人が死のうが、国内の累計死者数が二万人を突破しようが、わたしの毎日は平凡そのもの、悲劇とは無縁の生活を送っていました。前より頻度は下がったとはいえ、縛れ地蔵の元にも相変わらず足を運び続けています。

もっともあの日以来、タマキには会っていません。病院に行ったら、ヒビが入ってるって言われちった。そんな報告が一度送られてきたきり、ラインでのやりとりも途絶えています。散々迷った末に送った、帰りがけにお母さんに会ったよ、というメッセージに対する返事は、一カ月以上経った今もありませんでした。

帰宅ラッシュで混みあうバス停を横目に、ガード下へと入っていくと、ギャラリースペースでは、区主催の写真展が行われていました。観光フォトコンテストと銘打つだけあって、被写体はどれも既視感を覚えるものばかりでした。花筏《はないかだ》を泳ぐつがいのカモに、公園の水遊び場にかかった小さな虹。幼い頃、プラネタリウムを見に父がよく連れて行ってくれた科学館の写真もありました。

ただ、わたしが最も釘付けになったのは、「もみじと一緒」と題された写真の前でした。真っ赤な紅葉の絨毯を背景に、一台のベビーカーが停まっています。ベビーカーの中では、紅葉と同じ色のケープを着せられた赤ん坊が、安らかな寝顔を晒していました。観光フォトと呼ぶには、些《いささ》か個人的すぎる写真の前で、何故わたしが足を止めたかといえば、その下に本来あるはずの物が見当たらなかったからです。通路の一角を占めていた荷物の山が、跡形もなく消え去っていたんです。赤ん坊の写真の下には、線香の束とワンカップ、それから柿ピーの小袋がいくつか置いてあるだけで、それ以外の物はきれいに片付けられていました。

最後にここを通ったのは、確か高校の終業式の日だったから……十日前？　あのときはまだ、展示ケースの中にはどこぞの誰かが書いた水墨画が飾られていて、路面では台車や段ボールが幅を利かせていたのですが——。

リュックを肩から外すと、塾のテキストやノートをかき分け、ミルキーの袋を引っ張り出しました。わたしは低く腰を屈めて、手のひら一杯に掴んだ飴玉を、死者に手向けようとしました。でも、握りしめた拳を開く寸前、こんなことはただの偽善だと思い直して、結局手さえ合わせず、足早にガード下をあとにしました。

時刻は既に五時半を回っていましたが、園内には依然として笑い声が響いていました。時間帯の割に人出が多いのは、遊歩道から流れてきた花見客が、一休みしているからでしょう。現在川沿いの桜並木は、ちょうど花盛りを迎えていました。わたしは自販機の前で足を止めると、コインの投入口に百円玉を二枚入れました。水筒の中にはまだ麦茶が残っていましたが、何となくポカリが飲みたい気分だったんです。ペットボトルを傾けながら、お堂の方へ視線を走らせると、紺色のジャージを着た少女が二人地面にしゃがみ込んでいました。彼女達はマスクをしていなければ息がかかるほどの距離で、何事か話し合っていました。

やがて二人は立ち上がると、お地蔵様の体に赤い糸のようなものを這わせ始めました。白昼堂々というと語弊があるかもしれませんが、やっていることはそれに近いものがありました。ここへ通うようになってもう随分経ちますが、お地蔵様を縛るその瞬間を目撃したのは今日が初めてでした。普通こういった行為は、もっと人目を忍んでするものでしょう。いくら縛られ地蔵という名前がついているからといって、表向きお地蔵様を縛ることは禁止されているのですから。

わたしは人々の反応が気になって、周囲を見回しました。けれど意外なことに、彼女達を気にかけている人間は、わたしの他には誰もいないようでした。皆不思議なほどに他人には無関心で、桜をバックに自撮りしたり、フラペチーノ片手にお喋りしたりするのに夢中のようでした。糸の処理を終えると、二人はお地蔵様に向かって恭《うやうや》しくお辞儀をしました。それから神社と勘違いしてか、柏手を打ちました。彼女達は全部で五回大きく手を打ち鳴らすと、傍に停めてあった自転車に跨って、別々の方向へ走り去って行きました。

飲みかけのポカリをリュックにしまって、柿の木の下へ向かうと、お地蔵様の胸の辺りに、蝶蝶結びができていました。太さからして、たぶん刺繡糸だと思います。わたしは糸の端を摘まみ上げながら、昔母に連れて行かれた縁切り神社の絵馬のことを思い出しました。

悪縁を断ち切ることで有名な都内の神社には、夥しい数の絵馬が奉納されていました。父の癌が治りますように。夫が不倫相手と別れてくれますように。上司が苦しんで、苦しんで、苦しみぬいた末に死にますように――。絵馬掛けには、数えきれないほどの祈りと呪いの言葉が折り重なっていました。でも、縛られ地蔵には、そんなものはありません。

ただ何重にも巻かれた縄があるだけで、参拝客達が何を思ってお地蔵様に縄をかけたのか、その胸の内を知る術はどこにもありません。ほんのささやかなヒントすら得られないんです。

だからわたしは、少女達の願いを好きなように解釈します。四月からも同じクラスになれますようにだとか、片思いの相手と結ばれますようにだとか、どうせくだらない願い事に決まっていると、勝手に想像して、勝手に断罪します。

糸を引くと、蝶蝶結びは簡単にほどけました。ただ手前の段階で固結びがされていたようで、お地蔵様に巻きつけられていた分の糸まで滑り落ちたわけではありませんでした。荒縄と刺繡糸との間に強引に手を挿し込んで、力任せに引っ張ると、第一関節に赤い糸が食い込みました。糸は細く頼りないように見えて、なかなかどうして切れません。このまま続けたら、糸が千切れるより先に、自分の指がばらばらになってしまう気がして、結局五分ほど粘ったあと、わたしは尻尾を巻いて逃げることにしました。

普段であれば、この時間に誰かと擦れ違うことは滅多にないのですが、遊歩道にはまだ多くの人影がありました。道行く人達は何かに憑かれたように、カメラやスマホのレンズを桜の花に向けています。どれだけシャッターを切ったところで、思い出が切り取れるわけでもないのに。むしろ写真のデータ量がかさめばかさむほど、一枚一枚の記憶は埋没していきます。

一本の木が個々の果実に割ける養分に限りがあるように、人間の脳が過去の出来事に割ける容量にも限りがあります。どんなに悲惨なニュースを見たとしても、テレビのチャンネルを切り替えて数分後には、お笑い芸人のしょうもない発言に爆笑できるのは、だからです。わたし達の脳は、自分の生活に不必要な記憶を、リセットするようにあらかじめ作られているんです。

「感染症拡大防止のためのお願い」の前で立ち止まりながら、このポスターはいつからここにあったんだっけ、とわたしは忘れっぽい自分の頭に問いかけます。去年？　それとも一昨年？　かつてフェンスには、感染症とは無関係の注意書きが括られていたことがありました。「あぶないからのぼってはいけません」小さな子でも読めるように、全てひらがなで書かれたあの紙は、一体いつ外されたんでしょうね。感染症が流行り始めた頃には、既になかった気もするのですが、何分昔のことなので思い出せません。

桜に浮き立つ人々の中、わたしは一人、花びらが降り積もった地面を見下ろします。もう長いこと、安全柵の下にはパインアメと黒飴が放置されていました。またお地蔵様に供えられた飴が、取り換えられた様子もありませんでした。

人の気配に顔を上げると、隣に年配の女性が立っていました。女性は手作りらしき水玉模様の布マスクをつけ、ぬいぐるみみたいな栗色のトイプードルを連れていました。もの言いたげな視線に目礼で答えると、ここで亡くなった子のお友達？　と訊かれました。いいえ、とかぶりを振ると、女性はほっとしたようにも、落胆したようにも解釈できる息を吐いて、

「十年くらい前に、川に落ちて亡くなった女の子がいたの。それ以来、ずっと飴が置いてあるのよね」

低く押さえた声で、知ってます、と答えると、女性は僅かに怯んだ様子でしたが、トイプードルがせっつくようにリードを引っ張ると、首を振るような、傾けるような曖昧な仕草をして、無言のまま歩み去って行きました。

通りすがりにわざわざ教えてもらわなくても、わたしはここに飴が置いてあることも、以前この川で痛ましい事故が起きたことも知っていました。中学一年生のとき、グループ学習の課題資料を集めに、友人と川沿いにある図書館へ行ったことがあるんです。その道すがら、わたしが何気なく、ここ、いつも飴が落ちてるんだよね、と指摘すると、友人は

何とも言えない、本当に何とも言えない表情をしました。甘くも瑞々しくもない、ただざらざらと歯触りが悪いだけの梨でも食べさせられたような顔をして、別の学区に転居してしまった友人の話をとつとつと教えてくれたのでした。

わたしは膝を折ると、白い花びらがこびりついた飴を二つ拾い上げました。まずパインアメを右の頬に、続けて黒飴を左の頬に押し込みました。どちらも一カ月以上野晒しになっていた割には、食べるのに問題のない味でした。ミルキーを二つ地面に置いたとき、頭上でぱっと明りが点灯するのを感じました。どうやら桜のライトアップが始まったようでした。仰向くと、木々の合間に青い提灯が揺れていました。花びらが雪のように舞い散って、一瞬スノードームの中に閉じ込められたような錯覚に陥りました。

奥歯を噛みしめると、パインアメはあっという間に粉々になりました。ただ黒飴の方は湿気ているせいか、なかなか噛み砕くことができませんでした。甘いような、酸っぱいような、ねじけた飴の残骸をどうにか飲み込むと、わたしは立ち上がって、家に向かって歩き出しました。

6月5日（日）ふたご座の運勢　総合運61点　恋愛運★★☆☆☆　仕事運★★★☆☆　金運★★☆☆☆　ラッキーカラー　エメラルドグリーン　ラッキーフード　バターチキンカレー。ラッキーカラーはエメラルドグリーンなのに、ラッキーフードはグリーンカレーじゃなくて、バターチキンカレーなんだ、なんて心底どうでもいい突っ込みをしていると、正面に座っていた男の人が立ち上がって、そそくさと乗車口から下りて行きました。

素早く空いた座席に体を滑り込ませると、わたしは花柄のボストンバッグを膝の上に抱きかかえました。腕が疲れてきていたので、正直とても助かりました。いつもは車に乗りさえすれば、自動的に病院まで辿り着くのですが、急きょ父の休日出勤が決まったため、今日は一人で電車に乗って、母に荷物を届けに行かなければなりませんでした。母の入院先の病院へは電車で片道三十分、但し、滞在時間は五分あるかないかです。着替えの入った無地の黒のボストンと、汚れ物の入ったカラフルなボストンを一階の受付で交換して、病院の窓越しに母と手を振り合ったらそれでおしまい。駅へとんぼ返りです。

四月半ば、川沿いの桜が散って、遊歩道に赤いしべが降り始める頃、母が切迫早産と診断されました。職場に迷惑をかけないようにと、人事異動直前に産休が始まるようわざわざ逆算して採卵日を選んだのに、緊急入院を宣告されたことで、母の計画は全て台無しになりました。同僚への引継ぎも、職場への挨拶も、何もかもすっ飛ばしての入院に、母はまず混乱して、次に強い自責の念に駆られました。目の前に上司がいるわけでもないのに、電話をかけながら、母は何度も頭を下げていました。そうして上司との通話を終えると、今度は娘を失うことを恐れて、赤ん坊みたいに泣き始めました。後から後から、泉のように湧き上がる涙を見て、母の体の一体どこにこんなにも大量の水分が隠れていたんだろうとわたしは不思議に思い、ひょっとすると羊水に浮かぶ妹こそが涙の源泉なのではないかと疑いました。

入院前後の母の精神状態は、率直に言って酷いものでした。母は全身の神経をハリネズミのように尖らせ、少しでも気に障ることがあると、誰かれ構わずあたり散らしました。そのせいで父は荷物を届けに行く度に、米つきバッタみたいにぺこぺこしなければならなかったのですが、最近ではようやく母も落ち着いてきたようで、同室者への迷惑も考えずに、ベッドから泣きながら電話をかけてくるようなこともなくなりました。医師からも、このまま順調に行けば、今月中旬には退院できるとお墨付きをもらったようで、しずくの誕生日までには、頑張って退院してみせるから、と母は電話越しに意気込んでいました。

ボストンバッグをクッション代わりに、スマホで星占いの続きを読んでいると、耳障りな停車音が響いて、乗車口が開きました。ドアから乗り込んで来たのは、金髪カラコンのギャルに、ラケットバッグを背負った学生グループ、赤ん坊が二人くらい詰まっていそうなお腹のおじさんに、長袖のワイシャツを腕まくりしたサラリーマン。小柄な女の人が乗車したのを最後に、ぷしゅーという音を立てて、ドアは閉まりました。

女の人はパフスリーブのゆったりとしたワンピースを着て、空色のトートバッグを肩から下げていました。車内を見回して空席がないのがわかると、彼女はわたしの近くのつり革を摑みました。手が届くか届かないかぎりぎりの高さのようで、右腕がぴんと張っていました。先ほどのおじさんに比べると、かなり控えめな体型でしたが、空色のバッグには母が持っているのと同じピンクのマークが揺れていました。どう声をかけるべきか迷っていると、よかったらここどうぞ、という声が耳に飛び込んできて、視線を上げると、金髪ギャルが座ったばかりの席から立ち上がって、女の人を手招いているところでした。

当初の予定では、次の次の駅で電車を乗り換えるつもりだったのですが、わたしはイヤホンを耳に押し込むと、計画を変更することにしました。スマホから流れてくるジュディ・ガーランドの伸びのある柔らかな声に耳を澄ませながら、わたしは予定より一つ手前の駅に降り立ちました。ずっしり重たいバッグを持って向かったのは、いつもの場所でした。いつもの場所といっても、暫く足が遠のいていたため、訪問するのは二カ月ぶりになります。ガード下では、絵手紙展なるものが開催されていて、線香の束は既に片付けられたあとでした。線香だけでなく、ワンカップも、おつまみも、痕跡と呼べるものは何一つ残っていませんでした。

昼時ということもあって、園内にはピクニックを楽しむ人が大勢いました。東屋でお弁当を広げる老夫婦に、レジャーシートの上で手巻き寿司を頬張る子ども達。中にはリスみたいに頬を膨らませながら、パンダに乗っている男の子もいました。

一方、お地蔵様の前には先客が二人いました。一人は体を折り畳むようにして、深々と合掌しています。園内で寛ぐ人の多くが半袖姿の中、その人は襟付きの長袖シャツに、温かそうというより暑苦しそうな厚地のズボンを穿いていました。メラニン不足の髪は後ろでお団子結びにされ、束ねそこねた何本かの髪が、はらはらと風にそよいでいます。足元にはベビーカーのような形のショッピングカートが置いてあって、U字型のハンドルの底の部分には、十から二十、あるいはそれ以上の数のお守りがぶら下がっていました。

もう一人は、一人目から僅か後方――先客に気を遣っているような、いないような微妙な距離に立っていました。彼女もまた、長袖のトレーナーというやや季節外れの恰好をしていました。結わえず垂らしたままの長い髪をなびかせながら、黒目がちの大きな瞳で先客を観察しています。

ふと視線が逸れて、目が合いました。わたしは相手が慌てるか、居心地悪そうに目を伏せるのを期待しました。でも、予想は外れました。タマキは——いえ、母親がメイと言っていたんだから、メイと呼ぶべきなんでしょう。メイは軽く睫毛を震わせただけで、目線をさっと前方へ戻してしまいました。無視されたとは思いませんでした。単に、反応する気力がなかったんだと思います。メイの横顔からは、マスクでも隠し切れない疲労の色が滲み出ていました。目は深く落ちくぼんで、下瞼には濃い影が落ちていました。顎の肉が削げたせいか、元よりすっぽり顔を覆っていたマスクが、前より一段と大きく見えました。一羽のモンシロチョウがメイの前を横切り、お堂の屋根瓦をかすめるようにして、深い茂みの中に消えていきました。

白髪頭の女性はぴたりと合わさっていた手のひらを剥がすと、皺だらけの手をショッピングカートに伸ばしました。女性はハンドルを握りしめると、背中を折り曲げたまま、わたし達の間を通りすぎようとしましたが、メイが何事か言い放つと、足を止めました。

ジュディの夢見るような歌声に紛れて、何と言ったのかはわかりませんでしたが、「神様なんているわけないじゃん」

続いて吐き捨てられた言葉は、息継ぎ部分と重なったため、どうにか聞き取ることができました。

Someday I'll wish upon a star
And wake up where the clouds are far behind me
Where troubles melt like lemon drops
Away above the chimney tops
That's where you'll find me

俯くと、木漏れ日が揺らめいていました。地面に投影された光の濃淡が、万華鏡のように目まぐるしく姿を変えていくのを眺めていると、甘いメロディに混じって、タイヤが回るゴロゴロという音が聞こえてきました。視線を上げると、メイの背中が小さく丸まっていました。イヤホンコードをスマホに巻きつけながら、足はもういいの？　と尋ねると、メイは無言のままこくんと頷きました。

「一つ訊いていい？」

メイは否定も、肯定もせず、肩越しにちらっとわたしを見やったあと、トレーナーの前ポケットに両手をしまいこみました。その反応を自分の都合のよいように解釈して、タマキって、妹さんの名前？　と切り出せば、うちの母親から聞いたの？　とメイは質問に質問で答えました。

「お母さんとは挨拶しただけ。でも、前に中学の友達から、妹さんの事故について聞いたことがあって、それでそうなんじゃないかなって」

「わたしも一つ訊いていい？」

「何？」

「遊歩道のところにミルキー置いてくれたのってしずくちゃん？」

「迷惑だった？」

「ううん。足怪我してから、随分行けてなかったから助かったよ」

メイはそっぽを向いたまま、とってつけた風にありがとうね、と言いました。授業中に教科書を読まされているときのような、単調で、義務的な口調でした。メイは首からぶら

下げていた小さなポシェットの中から、二種類のチュッパチャプスを取り出すと、

「あの飴、最初からわたしが置いてたわけじゃないんだよね。たぶん、タマキの同級生のお母さんの誰かだと思うんだけど、亡くなってから数年の間は、お菓子とか花とかが定期的にお供えされてたんだ。でも、段々そういうのもなくなって、飴くらいならわたしでも置けるかなぁって思って、それで置き始めたんだよね」

台座の上に元から置いてあったレモンキャンディと、チュッパチャプスを取り替えながら、メイは淡々と説明を続けました。親御さんが置いてるんだとばっかり、とおずおずと口を挟めば、メイは苦笑まじりに、あ〜、無理無理、と片手で虫を払いのけるような仕草をしました。

「うちの親、あの辺りには絶対に近づかないから。引っ越したのも、だからだし」

「なんでお地蔵様にも？」

「お地蔵様って、親より先に死んだ子を守ってくれるって言うじゃん。だから賄賂的な」

「神様を信じてるの？」

メイはあっけらかんとした口調で、信じてないよ、と即答しました。

「でも、他に頼む当てもないし」

メイはマスクをずらすと、見ているだけで唾が湧いてくるような、真っ黄色のキャンディを口の中に投げ入れました。

「あとはそうだなぁ。ここで自殺したおじさんのことも、ちょっとは念頭にあったかな」

自殺、と繰り返せば、メイは舌を打つように飴玉をしゃぶりながら、あっちの東屋で、ホームレスが首吊ったたって話知らない？　と世間話でもするような口ぶりで、耳を疑うようなことを言いました。初夏らしい温かな風が、太陽を遮るように大きく腕を伸ばした柿の木をざわざわと揺らして、そのざわめきとともに、光と影が織りなすまだら模様がくるくると地面を踊りました。それっていつの話？　と切羽詰まった口調で問い正せば、メイはわたしとは正反対ののんびりした調子で、

「うちらが小学校時代の話だから、八年くらい前かな」

「質《たち》の悪い噂話じゃないの？」

「友達のおばあちゃんの散歩仲間が第一発見者だったらしいから、本当なんじゃないかな。こういう話、案外聞くよ。遊歩道の途中に、ベンチが置いてあるだけのちっちゃな広場があるのわかる？　あそこでも何年か前に、焼身自殺があったみたいだし」

「知らなかった」

「ニュースになるほどの話じゃないから、無理もないよ。まぁ、ニュースになったところで、どうせすぐに忘れられちゃうんだろうけど……どうかした？」

「ちょっと、眩しくて」

肩にかけていたボストンバッグが急に何倍も重たくなった気がして、わたしは思わず地面にへたり込んでしまいました。

「前に言ってた頭痛の前触れってやつ？」

たぶん、と声を振り絞りながら、ウェストバッグのジッパーを開けると、わたしは鎮痛剤を口の中に押し込みました。一度現れたが最後、泣いても、叫んでも、光から逃れる術はありません。眩しさにじっと耐え忍んでいると、大丈夫？　ポカリ買って来ようか？　とメイが話しかけてきました。老齢の女性に残酷な言葉を浴びせたときの冷淡さも、妹の死を語っていたときの余所余所しさも、今や過去のものでした。メイの声は砂糖とレモンを煮詰めて作ったマーマレードみたいに甘く、透き通っていました。

「まだ眩しい？」

目をつぶったまま頷くと、メイは可哀想に、と言って、慣れた手つきでわたしの頭を撫でてきました。

わたしは『オズの魔法使』を見たことがないので、ジュディ・ガーランド扮するドロシーが、一体どんな場面で『虹の彼方に』を歌ったのか知りません。けれど、初めて聴いたときから、この曲には心惹かれるものがありました。あなたの部屋で、あなたのMDウォークマンを握りしめながら、ありとあらゆる苦しみをドロップみたいに溶かしてしまえたら、どんなにかいいのに。何度そう思ったかしれません。

瞳の中に降りしきる雨は、刻々と形を変えていきます。点と点が結ばれてできた細い糸は、蛇のように絡み合い、もつれあい、いつしか太い縄となって、わたしの顔を覆い尽くしてしまいました。

それでも、わたしは瞼を開けると、縄の隙間にじっと目を凝らします。頬の裏側にできた水ぶくれみたいな口内炎を舌でなぞりながら、光と光の合間にメイの黒い瞳を探し続けます。

今年の六月十九日は休日でした。だから行こうと思えば、当日に会いに行くこともできたのですが、頭の中で幾つかシミュレーションを行った末に、結局わたしは一日前の乗車券を購入することにしました。前日の十八日は第三土曜日で、ちょうど高校が休みの日だったんです。あとはそう——母が退院するのが日曜だったというのも理由の一つです。いくら毎年恒例になっているとはいえ、二カ月ぶりに帰ってくる母をほっぽり出して、お墓参りに行くのは気が引けました。また、ただでさえマタニティブルーの母に、これ以上負担をかけたくないという気持ちもありました。わたしが一人で沼津に行ったことを知れば、母が罪悪感に打ちのめされることは明らかでした。

金曜の夜、遅めの夕食を取りながら、明日、おじいちゃんちに行ってくるから、と伝えると、中途半端にお茶碗を持ち上げたままの姿勢で、父は固まってしまいました。父の表情は、意表を突かれたというより、にわかに頰を打たれたときのそれでした。お母さんには？　言ってない。おじいちゃんには？　連絡した。父はお茶碗をテーブルに置くと、もっと早く言ってくれればいいのに、と言い淀みました。それから何度か唇を開いて、閉じたあと、地雷原の中を歩くような用心した口調で、よかったら一緒に行こうか、と提案してきました。車で行った方が、しずくちゃんも楽だろう？　わたしは父の申し出を、丁重に断りました。道中気まずくなるのが目に見えていましたし、何より祖父と祖母に余計な気を遣わせたくなかったんです。

翌朝、わたしは父に見送られて、自宅マンションをあとにしました。東京駅から三島までの一時間、わたしはスマホで『虹の彼方に』をリピートし続けました。新幹線を下りると、駅まで迎えに来てくれていた祖父の車に乗って、お寺へ向かいました。祖父が住職に挨拶している間、祖母とわたしはお寺の二軒隣の花屋にお供え用の花を買いに行きました。交通費とは別に、お土産代とお花代として父から一万円を貰っていたので、豪華な仏花をあつらえてもらって、花立てに入りきらなかった分は、お地蔵様にお裾分けすることにしました。

お墓参りのあとは、数年ぶりに祖母の手料理を堪能しました。錦糸卵がいっぱいのったちらし寿司に、玉ねぎ入りのポテトサラダと、具沢山の茶碗蒸し。母がよく作ってくれる永谷園のちらし寿司もあれはあれで美味しいのですが、いちから全部手作りの祖母のちらし寿司にはやっぱりどうしたって敵いません。甘酸っぱいレンコンに、ほんのり出汁の利いた人参、甘辛く煮た椎茸とかんぴょうは、市販の具材より一回り大きくて、それがまた食べ応えがあって美味しいんです。

母がいないせいか、食事の雰囲気はいつになく和やかでした。祖母は誰に気兼ねすることなく、真央ちゃんと真央ちゃんの赤ちゃんの話ができましたし、顔色を窺わなければならない相手が一人減った分、祖父もリラックスした様子でした。わたし自身、母と二人で来るときより遥かに気が楽でした。母と祖母の間には常に、独特の緊張感が漂っていました。だからといって、二人の仲が険悪というわけじゃありません。険悪どころか、傍から見れば、母と祖母は理想の嫁姑関係といえました。毎年欠かさずお歳暮とお中元を贈り合ったり（わたしは母が長野と秋田の家にそんなことをするのを見たことがありません）、彼岸や命日の度に食事をしたり。ある意味この十八年間、二人は誰よりも互いに心を砕き合ってきました。今では法律上、何の繋がりもない二人ですが、祖母は母の、母は祖母のおそらく一番の理解者でした。

もっとも、相手の考えが手に取るようにわかるからこそ、二人の態度は慎重そのものでした。祖母が母の前で徹底して真央ちゃんの話を避けるように、母も祖母の前では絶対に父の話をしませんでした。祖母は母に、母は祖母にそれぞれ強い負い目を感じていましたが、同時に腹の底ではマグマみたいな感情を煮《に》え滾《たぎ》らせていて、ほんの些細なきっかけさえあれば、今の危うい均衡がたちまち崩れてしまうことを、どちらとも理解していたんだと思います。

沢山食べれば食べるほど祖母が喜ぶので、わたしはちらし寿司を一回、ポテトサラダを二回お代わりしました。駅からお寺へ向かう途中、申し訳程度に母の体調について訊かれた以外は、母のことも、赤ん坊のことも、一切話題には上がりませんでした。こんな解放感を味わったのは、久々でした。家に帰るのが嫌になるくらい楽しい時間でした。

ただ、祖父がテレビをつけるタイミングを誤ったことで、一度だけ空気がひどく張りつめることになりました。お昼のニュースを見ようとテレビの電源を入れたら、たまたま家電のコマーシャルが流れていたんです。次の瞬間、4号サイズのホールケーキに、無理やり十八本のろうそくを立てようとしていた祖母の表情が一変しました。血の繋がりがあるわけでもないのに、画面を凝視する祖母の横顔は、怖いくらい母に似ていました。祖父は父がいつもするように、素早くチャンネルを切り替えましたが、祖母はちゃぶ台に手を突いて立ち上がると、乱れた足取りで部屋を出て行ってしまいました。

祖父はテレビを見ながら、悪いね、と謝罪してきました。怒りと悲しみと諦めが全部ない交ぜになった、うち萎れた声でした。深い皺が刻まれた祖父の顔は、年齢以上に老け込んで見えました。くたびれきったその顔が、今度は父の顔と重なりました。わたしは画面に視線を移すと、気にしないでと答えました。テレビには、遠い異国の街が映っていました。色を失った、瓦礫だらけの街でした。

　三十分後、祖母がチャッカマンを手に戻ってくると、わたし達は何事もなかったように団欒を再開しました。祖母がろうそくに火をつけると、わたしはなるべく唾が飛び散らないよう、一本ずつ、念入りに小さなオレンジ色を消していきました。最後の一本を吹き消すと、祖父達はおめでとうと言って、ちゃぶ台の下にそれとなく隠していた紙袋を差し出してきました。紙袋の中身は、JILL STUARTのリップとピーターラビットの図書カードでした。

　チョコレートケーキを食べ終えると、わたしは祖父達に断って、二階へ上がりました。廊下の突き当たりのドアを開けると、雨の匂いがふわりと香って、色褪せた水色のカーテンが波打つように揺れていました。窓際に据えられたベッドへ近づいていくと、捲れ上がった布団の上に、開いたままのアルバムが置きっ放しにされていました。うつぶせになっていたアルバムを表に返すと、わたしは束の間写真を見つめました。ややピンボケ気味のその写真には、若い男女が映っていました。オレンジ色の実をたわわに実らせた木の下で、二人は肩を寄せ合って笑っていました。

　一瞬、強い衝動に駆られましたが、ウォークマンや万年筆が辿った末路を思い出して、わたしは伸ばしかけていた手を引っ込めました。この部屋にあるものは外に持ち出した途端、壊れるかなくなるかする呪いにかかっているんです。そうでなければ、いくら年季が入ったものだからといって、大切に使っていたMDウォークマンが、半年足らずで動かなくなるわけがありません。肌身離さず持ち歩いていた万年筆が、忽然と消えてしまうわけがありません。

帰りも行き同様、祖父が駅まで車を出してくれました。車中、祖母はどこか怒ったような表情で、悩み事があったら、何でもおばあちゃんに相談するのよ、とわたしの手を固く握りしめていましたが、駅に着くと堪えきれなくなったように顔をくしゃくしゃにしました。祖母ははらはら涙を流しながら、改札口までわたしを見送ってくれました。

新幹線に乗車すると、わたしはスマホのスリープモードを解除しました。父宛てにおおよその到着時間を知らせるメッセージを送ると、五分もせずにウサギのスタンプが返ってきました。今夜は久しぶりにお寿司だよ。メッセージとともに送られてきた写真には、プラスチックのパックに入った手巻き寿司が写っていました。

帰宅すると、ダイニングのテーブルには、所狭しと料理が並んでいました。お寿司だけでも手巻きに握り、海苔巻きと盛り沢山なのに、ガラス製の小鉢には半熟卵入りのポテトサラダがこんもりと盛られていました。また、いつかの春のパン祭りで貰った花びら形の皿にはコロッケと思われる俵形のフライまで積み上げられていました。この量をどうやって二人で食べるんだろうと途方に暮れていると、父が鍋の中身をかき混ぜながら、もうちょっとでみそ汁もできるから、と得意そうに言いました。

リビングのソファの上に、プレゼントと祖母に持たされたお土産を置くと、手を洗ってくるね、と言って、洗面所に向かいました。ハンドソープで丹念に手を洗って、グラス一杯分の水でうがいをすると、わたしは何となく、洗面所の隣にある両親の部屋のドアを開けました。母が不在のせいか、白檀の香りはしませんでした。ただ骨壺と赤いガラガラの間の白い一輪挿しには、真新しい菊の花が活けられていました。

ダイニングに戻ると、湯気を立てたみそ汁の椀が、新たにテーブルに加わっていました。夕飯の間、父は缶ビール片手に、幼いわたしの失敗談を懐かしそうに語り聞かせてきました。しずくちゃんはまだちっちゃかったから覚えてないかもしれないけど、公園の滝によじ上ろうとして、危うく頭から落ちかけたんだよ。しかも手巻き寿司を口に咥えたまま。あれは本当に肝が冷えたなぁ。大人しくご飯を食べてたかと思ったら、急に走り出すんだもん。当然、ご飯中に何してるのって、真由美《まゆみ》さんはかんかんで、でもしずくちゃんはしずくちゃんで、だって虹が見えたんだよ。早く捕まえないと消えちゃうでしょって、おかんむりで。笑っちゃいけないと思いつつも、つい笑っちゃって、結局二人して真由美さんに叱られてさ――。

総菜屋の、少し濃いめの味のカニクリームコロッケを食べながら、わたしは若き日の父の姿を思い浮かべました。短く刈り上げた黒髪に、当時の流行りだったらしい黒縁のウェリントン眼鏡、ややエラの張った四角い顔に、人のよさそうな笑みを浮かべています。

何年も前の姿をありありと想像することができるのは、あなたの部屋にあった写真のおかげです。ベッドに伏せられていたアルバムの中には、結婚式の写真も含まれていました。純白のウェディングドレスをまとった母の後ろで、父は何やら忙しそうにしていました。大方、二次会の手伝いでもやらされていたんでしょう。あなたは母の隣で、真央ちゃんをおんぶしていました。フラワーガールでも任されたのか、真央ちゃんは母のドレスによく似た白のワンピースを着て、頭には大きな花の髪飾りをつけていました。母も、父も今よりずっと若くて、真央ちゃんに至ってはまるきり子どもでした。当たり前ですよね。何年も、何年も前の写真なんですから。わたしがまだ影も形も存在しなかった頃の写真なんですから。

誰かと過去を語り合えるということは、とても幸せなことなんだと思います。あなたと違って、わたしと父の間には、一緒に振り返ることのできる思い出が、それこそ山のようにありました。わたしがまだ椎谷しずくなんてゴロの悪い名前じゃなくて、西森《にしもり》しずくだった頃、ママの大学時代の後輩のなお君は、わたしが願ってやまなかったものを与えてくれました。水族館や遊園地からの帰り道、遊び疲れたわたしがもう歩けないと駄々をこねると、なお君はいつだって嫌な顔一つしないで、おいで、と屈みこんでくれたものでした。

母はわたしが望みさえすれば、公園でも、動物園でも、好きな場所に連れて行ってくれましたし、どんなに仕事が忙しくても、誕生日には欠かさずカニクリームコロッケとポテトサラダを作ってくれました。わたしがおんぶを強請《ねだ》れば、きっと全力で娘の願いを叶えようとしてくれたに決まっています。でも、世の中には口に出していい我が儘と、そうでない我が儘があることを、子どもながらにわたしは理解していました。わたしを背負うには、いかんせん母の体は細すぎました。今でこそ標準体重そこそこですが、あの頃の母は擦れ違った人が思わず顔をしかめるくらいやつれていました。アンパンマンに出てくるホラーマンみたいにがりがりで、手の甲には生傷が絶えませんでした。

そんなわたし達親子を救ってくれたのが父だったんです。父はわたしにとって親である以上に、恩人でした。もし父がいなかったら、母は今もあなたに囚われたまま、せめぎ合う二つの相反する感情に身も心も引き裂かれていたことでしょう。父には一生かかっても、返しきれないだけの恩義がありました——なのに、甘やかされて育ったせいでしょうね。わたしはときどき自分の立場を忘れてしまうことがあるんです。どうして父は、わたし一人では満足してくれなかったんだろうって。なんでわたしだけじゃ駄目だったんだろうって、保育園児でもあるまいし。自分勝手なことをつい考えてしまうんです。

わたしが箸を置くと、父は目ざとく、冷蔵庫にトップスのケーキがあることを告げてきました。父はわたしのことなら何でもお見通しといった口ぶりで、

「しずくちゃん、昔からチョコケーキが一番好きだもんな」

すっかり出来上がった父がおきあがりこぼしみたいに前後に体を揺らすと、鼻先にずり落ちた眼鏡がちかちかしました。レンズの疵口に沁み込んだ油汚れが、シーリングライトを反射して、父の顔がよく見えません。わたしは少しの間、虹色の油膜がキラキラするのをぼうっと眺めていましたが、グラスの中の麦茶を一口飲むと、冷蔵庫の中からケーキを取り出すために、椅子から立ち上がりました。

小学一年生のとき、異なる色の絵の具を混ぜて、別の色を作る実験をしたことがあるんです。赤と青を混ぜたら紫。赤と黄色だとオレンジで、青と黄色なら緑。じゃあ全部の色を混ぜたら、一体どんな色になると思う？　茶色！　赤が一番強そうだから赤。黒でしょ黒。テレビでそう言ってたもん――。クラスメイト達が口々に答える中、わたしは教室の後ろで、こっそり虹色と呟きました。あの頃のわたしはきれいな色と色を足し算したら、もっときれいな色ができると信じていたんです。だから白いパレットの中に、今にも降り出しそうな空の色が完成したときはショックでした。

図工の授業で色の三原色について学んだ数年後、今度は物理の授業で、光の三原色について学びました。混ぜれば混ぜるほど黒に近づいていく絵の具とは対照的に、光はその性質上、混じり合えば混じり合うほど白くなっていきます。林檎の逸話で有名なアイザック・ニュートンは、肉眼では白っぽく見える太陽の光が、実際には七色の光であることを証明しました。プリズムと呼ばれるガラス製の多面体に、太陽光を透過させたところ、差し込むときには白かった光が、出てきたときには七色に分かれていたんです。赤、橙、黄色、緑、青、藍、紫。つまり虹色。雨上がりの空や滝の近くに虹がかかるのは、大気中の水滴がプリズムの役目を果たしているからです。日の光は水滴に触れることで屈折し、分散し、反射して、本来の輝きをようやく取り戻すことができるんです。

物理は決して得意科目ではありませんが、もしかしたらこれと似たような現象が、わたしの身にも起きているのかもしれません。ネットニュース曰く、今年の六月は例年に比べて雨が少ないそうです。それでも家の中はどことなくかび臭かったり、洗濯物が乾きにくかったり、梅雨が梅雨であることに変わりなくて、大気中には大量の水滴が浮遊しています。だからこそ、頭痛の前に現れる疫病神みたいなあの光も、近頃は虹色を帯びているんじゃないでしょうか。

夕食時には一点の染みでしかなかったそれは、今では視界の左半分を遮るまでになっていました。寝返りを打つと、勉強机が目に入りました。先日、本屋で買ってきたばかりの赤本に、卓上カレンダー、ノート。回転椅子の背もたれには、JILL STUART のピンクの紙袋が立てかけてありました。けれど、机の左隅に置いてあるはずのペン立ての一部は欠けています。壁にかかっているはずのセーラー服も見えません。まるで世界が真っ二つに裂けてしまったみたいです。左半分では虹色の雨が降りしきっているのに、右半分では何の変哲もない日常が続いているんです。

普段であれば、長くても一時間で鎮まる光が、ケーキを平らげても、入浴を済ませても一向に陰る気配を見せないことに、最初のうちは不安を覚えました。いつ消えるのか、いつ消えるのかとそればかりが気になって、数分おきに時間を確認したり、YouTubeを参考に頭のマッサージなんてしたりして。

でも九時頃急に雨が降ってきて、そのせいで折角ベランダに干した洗濯物を、父と二人でお風呂場に移動させたりしているうちに、段々どうでもよくなってきちゃったんですよね。薬のおかげで頭痛は抑えられていましたし、明日は日曜日のため、なかなか寝付けないからといって寝坊の心配はありません。ただちょっとばかし眩しくて、物が見えづらいというだけ。それくらいのことなら、昔から慣れっこでした。

だから今、わたしは開き直って、目を開けたままベッドに横たわっています。半分に割れた世界を眺めながら、夜の音に耳を傾けています。周波数の違いか何だか知りませんが、うちの窓ガラスは風の音や雨音にはめっぽう強いくせに、人の話し声や車の音となると筒抜けなんです。深夜だっていうのに、外では酔っ払いが調子外れの歌をうたっていました。かと思いきや、救急車の甲高いサイレンが下手糞な歌声を押しのけ、強引に耳の中に割り込んできます。

　今日の全国の感染者数は約一万五千人。死者数は二十人。一日当たりの死者が二百人を超えていた頃に比べれば、悪くない状況だと思います。とはいえ、亡くなった二十人の家族からしてみれば、そんなことは何の慰めにもならないのでしょうね。二十人だろうが、二百人だろうが、数なんて関係ない。自分にとってのたった一人が失われてしまえば、その瞬間から目に映る世界はまるで色を変えてしまうんです。

　サイレンは限界まで膨らんだのち、また徐々に小さくなっていきました。寝返りでベッドを軋ませながら、下唇の裏側にできた血豆みたいな口内炎を意味もなく舌で突いていると、にわかに枕元でバイブ音が轟いて、耳の中にこびりついていた救急車の残響を上書きしました。

　わたしはロック画面に表示された名前を見ると、四桁の暗証番号を打ち込みました。起きてる？　起きてるよ。眠れないの？　うん。そっちは？　わたしも眠れなくて、ぼうっとしてる。電話のアイコンをタップすると、呼び出し音はツーコールで途切れて、もしもし、と囁くような声が聞こえてきました。それから併せて、電車の走行音らしきものも。

外にいるの？　んー。メイは肯定とも、ただのため息ともとれる曖昧な返事を寄こしました。こんな時間に外で何してるの？　散歩。今、どこにいるの？　公園の中。公園って、もしかしてお地蔵様のところにいるの？　イエスかノーで答えられる簡単な質問のはずなのに、何故かメイは黙りこくってしまいました。

わたしはスマホをスピーカーモードに切り替えると、ユニクロのリラコを脱いで、ジーンズへと穿き替えました。それから、ペン立てに引っ掛けてあった自転車の鍵を掴むと、

「十五分以内に行くから、そこにいて」

自転車置き場に向かう間も、遊歩道を全力疾走している間も、電話は切らないままでいました。ペダルを漕ぐのに必死で、お喋りをしている余裕なんてまるでありませんでしたが、それでも通話を終了する気にはどうしてもなれなかったんです。

雨は既に上がっていたものの、その名残はそこかしこにありました。川音は重く、激しく、胸の鼓動を打ち消すほどで、時折水だか泥だかが足に跳ねるのを感じました。辺りには濡れた土や草の匂いが立ち上り、湿り気を含んだ風が全身にまとわりついて、そう暑いわけでもないのに、額に汗が滲むのを感じました。

地蔵堂に差し掛かると、わたしは急ブレーキをかけました。前かごに乗せてあったスマ

ホを手に取って、着いたよ、と画面越しに呼びかけると、本当に十五分以内に来た、という声が、背後とスピーカーの両方から僅かにずれて耳に届きました。首をねじるようにして後ろを向くと、夕焼けの色を閉じ込めた石灯籠が暗闇にぽつんと立っていました。

わたしはサドルから下りると、橋の際まで自転車を押していきました。数匹の蛾が円を描くように、灯籠の周りをひらひら飛んでいました。目を凝らすと、橋の中央に人の姿らしきものが見えました。自転車を停めて、橋を渡ると、一歩足を運ぶほどに、あやふやだった輪郭線が夜に浮かび上がってきました。襟と裾が伸びきった大きめのTシャツに、ひざ丈のジャージ、ハイカットのコンバース。顔には珍しく、眼鏡をかけていました。

「さっき初めて、お地蔵様が縛られているところを見たんだよね」

メイは欄干から身を乗り出しながら、ぽつりと呟きました。カミソリで削いだような頬が微かにくぼむのを見て、わたしはメイがマスクを着けていないこと、自分もまたマスクを着け忘れていたことに気づきました。

「ここに来たら、女の人がちょうど願掛けしてる最中でさ。真っ暗な中、お地蔵様の首をぎゅうぎゅう縄で締めてんの。ぞっとした。まんまホラーだった。でも、あっちも同じくらいビビってることに気づいたら、何だか笑えてきてさ。当たり前だよね。誰もいないと思って振り返ったら、わたしみたいなのが突っ立ってるんだもん。そりゃあビビるよ」

日中はせせらぎが絶えない遊び場も、今は夜間のため、静まり返っていました。滝が涸れ、水車が止まった流路は、鏡のように研ぎ澄まされていました。メイは川底に映る自分の姿をのぞき込みながら、出身中学でも尋ねるような軽い調子で、しずくちゃんは、お地蔵様に願掛けしたことってある、と訊いてきました。わたしがあるよ、と答えると、メイはそう、と言って、左手に握り込んでいた何かを水の中に投げ入れました。

小石か、飴玉か、柿の実か。暗すぎるのと同時に眩しすぎたせいで、その正体を見極めることはできませんでしたが、いずれにせよ危険なものではないと思います。嫌味を口にした傍から、罪の意識を覚えないではいられないような人間が、子ども達が素足で走り回る場所に、ガラスの破片を投げ込めるとは思えませんでした。闇の中に広がった小さな波紋が、水の底に吸い込まれるように消えていくと、わたしも昔、一回だけあるんだ、とメイは再び唇を開きました。

「百均で買ったロープをお地蔵様に巻き付けて、全部なかったことにして欲しいって頼んだの。神様なんて、いるわけないのに」

メイは自嘲気味に言うと、ところどころ皮が捲れ上がった下唇を、前歯で軽く食《は》みました。

「わたし達が、初めて喋った日のこと覚えてる？」

「メイがポカリを買って来てくれた日のこと？」

「ううん、しずくちゃんがミルキーを落とした日の方。実を言うとあの日、タマキの命日だったんだ」

　メイは前髪を梳き、こめかみを撫ぜ、唇の脇にできた赤いふくらみに爪を立てました。

「自分で言うのもなんだけど、わたし結構いいお姉ちゃんだったんだよね。喧嘩もいっぱいしたけど、その分面倒も見てきたつもり。小さい頃から、事ある毎にお姉ちゃんなんだからって言われて育ったから、妹の世話を焼くのは当然だって思ってた。でも、ある日突然思ったの。なんで数年先に生まれただけで、わたしばっかり我慢しなくちゃなんないのって。特に何かきっかけがあったわけじゃないんだけど、反抗期ってやつだったのかな？　急にタマキがうざくてたまらなくなって、それ以来タマキがお姉ちゃん、お姉ちゃんって飛びついて来てもぜーんぶ無視。でも、わたしがガン無視すると、あいつ絶対泣くんだよね。でさ、タマキが泣くと、親は問答無用でわたしを叱るわけ。メイはお姉ちゃんなのに、どうしてタマキに優しくできないのって。そのせいで増々タマキにムカついて

──あの日もね、わたし、タマキに腹が立って、腹が立って仕方なかったの。折角父の日のプレゼントを買いに行くつもりだったのに、タマキが自分も行くーってうるさくて、二人で押し問答してたら、お姉ちゃんでしょって、また例の決まり文句。お小遣いあげるから、二人で仲良く選んでらっしゃいって。わたしはちゃんと自分で貯めたお金で買うつもりだったのに。母親にも、タマキにも、自分にも、何もかも腹が立って、それで、タマキを無視してずんずん歩いて行ったら、カモの赤ちゃんだーって騒いでる男の子達がいて。もちろん、タマキは見たいって言い出した。でも、ちっちゃいからどんなに背伸びしても見えないの。わたしね、ざまあみろって思った。あんたは小さいから無理って意地悪言って、タマキを置いて歩き出した……すぐに追い駆けてくるって思ったの。あいつ、すごく寂しがり屋だから。すぐにお姉ちゃーんって声が聞こえてくると思ったの。でも、タマキはついて来なかった。いくら待っても、追い駆けて来なかった」

メイは何かに急き立てられるように一気に捲し立てると、自分の首を乱暴にかきむしりました。それから全力疾走したあとみたいに苦しそうに息を継ぐと、うちの親、わたしの前では絶対タマキの話をしないの、と乾いた笑い声を響かせました。

「わたしね、親から一回も責められたことがないの。でも、わかるんだよね。絶対に許してもらえないって。死ぬまで許してもらえないって、わかるんだ」

メイの長い髪が風にばらけて、その隙間から対岸の灯籠から漏れ出る橙色の光が透かし見えました。空を仰ぐと、雲がうねるように押し流されていました。千切れた雲は、十二色の絵の具を全部ごちゃまぜにしたようなひどく濁った色をしていました。メイはひとしきり黙り込んだあと、しずくちゃんは、疲れちゃうことってある？　と訊いてきました。ラムネの瓶の底に沈んだビー玉みたいに澄んだ、あどけない声でした。

「自分が悪いってわかってても、もう全部どうでもいいやって、投げ出したくなることってある？」

ふと脳裏に、幼い未発達の実が木から落下する光景が過りました。淘汰の末に、枝から振るい落とされた可哀想な赤ん坊達。生まれてこの方、自殺願望なんてものを持ち合わせたことはありませんが、それでもどうして自分は彼らと同じ道を辿らなかったんだろう、と疑問に思ったことはありました。だからわたしはメイの質問に、あるよ、と答えました。

「そういうとき、しずくちゃんはどうするの？」

「どうもしない、かな」

「それってしんどくない?」

「しんどくないわけじゃないけど、慣れてるから」

メイは風になぶられていた髪を耳にかけると、この日初めて正面からわたしを見据えました。

「もしかして、今も例の光が見えてたりする?」

「うん」

「わたしの顔、ちゃんと見えてる?」

「半分くらい」

「それなのに、来てくれたんだ」

メイは干からびた瞳を潤すように何度か瞬きをしたあと、卒業アルバムでよく見るあの表情を浮かべました。カメラマンに笑って、笑ってと言われすぎて、結果的に台無しになったあの顔です。メイは吐息混じりに、ありがとう、と言いました。

「でも、もう大丈夫だから」

虹色の先に、小さなえくぼを探しながら、昼にまた会える? と約束をせがむと、メイは不思議そうに、どうして、と首を傾げました。

「会いたいの」

そう言って、わたしはメイの右手を両手で掬い上げました。欄干に縋りついていたせいか、メイの指先はしっとりと濡れていて、手の甲には透明な水の玉がついていました。人差し指の付け根の、少し下の辺り。かつて母の手にあったのと同じものです。拭っても、拭っても、決して拭き取ることのできない痛みの跡です。膨らんで、爆ぜて、また膨らんで、そんな堂々巡りをしているうちに、いつしかそこだけ皮膚が固くなっていくんです。人間の手は、口の中に収めるには大きすぎました。だからどうしたって、喉の奥に手を伸ばそうとすると、前歯が指の関節や手の甲を傷つけてしまうんです。白い肌に散った赤い裂傷の跡を指でなぞりながら、わたしはもう一度、会いたいの、と繰り返しました。

メイとわたしは、小学生みたいに指切りをして、別れました。家に着いたときには、二時を回っていました。両親の寝室のドアを開けると、廊下から差し込む光が眩しかったのか、父が寝返りを打ちました。エコー写真の前に供えられた白い菊の花に、わたしの淡い影が落ちていました。父は暫くもぞもぞしていましたが、何度か低く喉を鳴らすと、また規則正しい寝息を立て始めました。父の背中を見つめながら口内炎に歯を立てると、粘膜が裂けたのか、仄かに血の味がしました。わたしは静かにドアを閉めると、足音を殺して、自分の部屋へ向かいました。

朝、目が覚めると、いつの間にか目の不調は治っていました。七色のスペクトルは白い光の中に飲み込まれ、半分に分かれた世界は再び一つに戻っていました。

朝食は、鉄火巻きとサラダ巻きとおみそ汁。起き抜けに揚げ物を食べる気にはなれなかったので、コロッケの残りは昼に回すことにしました。食事を終えると、父と手分けして家事をしました。父が掃除機をかけている間に、わたしは食器を洗って、それが終わると、お風呂場から回収した洗濯物を膝の上で畳みました。いつもの休日より一時間近く出だしが早かったこともあって、九時ちょっとすぎにはやるべきことは全て終わってしまいました。父はリビングの壁時計を見ながら、迎えに行くには、流石にまだ早すぎるよな、と首の後ろをかきました。

一旦自室へ下がって、この日のために用意していた物を持ってリビングへ戻ると、父はソファに座って、新聞を広げていました。黄色いリボンがついた青いギフトボックスを渡すと、まだ中身を確認してもいないのに、父は眼鏡の奥に佇む二つの瞳を潤ませました。父は鼻と口をむずむずさせながら、手始めにリボンをほどきました。それから箱の上下をとめてあった金のシールを注意深く剝がすと、最後に蓋をぱかっと開けて、満面の笑みを浮かべました。スーパーの衣料品コーナーで売られているネクタイだろうが、赤本を入手するついでに本屋で見繕ったボールペンだろうが、毎年父は同じ反応を示します。何かの手違いで、箱の中身がモンブランの高級万年筆に入れ替わってしまったんじゃないかって、思わず勘ぐりたくなるような笑みを浮かべて、

「早速使わせてもらうよ」

ノーブランドのボールペンを恭しく手に取りながら、父は喜々とした声で言いました。目薬を差した直後のように父の目が輝くのを見て、つくづく自分は幸せ者だと思いました。Twitter上には、親から惨い仕打ちを受けている人達の呟きが溢れていて、ネットニュースの見出しには、無理心中というワードが年に何回も登場します。自分が生きることに絶望したからといって、家族を巻き添えにするような親の下に生まれた子ども達のことを考えれば、わたしは文句なしに幸福な人生を送っているといえました。

父はラッピングまで後生大事に取って置くつもりなのか、いそいそとリボンを巻き取っ

ていたものの、わたしが、ちょっと出掛けてくるね、と切り出すと、困惑気味に眉を寄せました。今日この日について、わたし達は何の約束もしていませんでしたが、父の中では娘と一緒に妻を迎えに行くのは決定事項だったようです。昼までには帰るから。わたしが続けた言葉に、父は何か言いたげに瞳を揺らしましたが、だからといって引き留めてくることもなく、自分を納得させるように小刻みに頭を振ると、いってらっしゃいと、取り繕った笑みを浮かべただけでした。

マンションを出ると、わたしはコンビニ脇のバス停に向かいました。寝不足のため、公園まで歩いて行くのがしんどかったんです。バス停からT駅に着くまでの間に、わたしはミルキーを三つ平らげました。窓ガラス越しに見上げた空は、六月とは思えないほど晴れ渡っていました。絵本の挿絵に描かれているような、雲一つない青空でした。

駅前のロータリーでバスを降りると、わたしはお馴染みの道を通って、公園へ向かいました。ちょうど展示の切り替えのタイミングだったのか、ガード下のギャラリーには、珍しく何も飾られていませんでした。

メイの姿は、昨夜――正確に言えば、日付が変わっていたので今朝なのかもしれませんが――と同じ場所で見つかりました。メイはアーチ橋の真ん中で、同じように欄干にもたれていました。ただ、あのときと違って、項垂《うなだ》れてはいませんでした。メイは頬杖をつきながら、とろんとした目を高架橋に向けていました。銀色の車両が、枝枝の向こうに見え隠れしながら、猛スピードで走り抜けていきます。電車のごーっという唸り声が、束の間、橋の下でさんざめく子ども達の声をかき消しました。メイはわたしに気づくと、開口一番、目はもう治った？　と訊いてきました。うん、と答えると、メイは三日月みたいに目を細めて、右手にぶら下げていた紙袋を掲げました。

「一日遅れだけど、誕生日おめでとう」

思ってもみない贈り物に、喜ぶよりも先にまごつきながら、よく覚えてたね、と返すと、メイはこそばゆそうに視線をさまよわせ、実は今日、タマキの誕生日なの、と種明かしをしました。一日違いだから、覚えやすくて。メイの口調は嘆き悲しむというより、懐かしむようなそれでした。

「お参りにはもう行ったの？」

「まだ」

「なら今から行こうよ。お花買ってさ」

イベント当日ということもあって、駅前の花屋の店頭には、バスケットに入ったフラワーギフトや、子どものお小遣いでも買えそうな小さな花束など様々な商品が並んでいました。奥にあるガラスケースの中から、メイはチューリップを、わたしはガーベラを一本ずつ選びました。特に示し合わせたわけではありませんでしたが、どちらも白い花でした。

メイと出会ってもう一年が経つのに、二人で遊歩道を歩くのは、今日が初めてでした。赤や青の紫陽花が鮮やかに咲き誇る中、山吹は黄色い花弁を散らし、隣接する民家の木は、小さな蜜柑の実を幾つも舗装路に降らせていました。安全柵とサツキの間には、幾層にも蜘蛛の巣が張り巡らされ、打ち捨てられたエナジードリンクの空き缶には、花と勘違いしたらしい蝶が翅を休めていました。姿は見えませんが、どこからともなくジャスミンの癖のある匂いが漂ってきます。カモの親子でもいるのか、川をのぞき込んでいる人達をちらほら見かけましたが、わたし達は黙々と歩き続け、高架橋の手前まで来るとどちらともなく足を止めました。「感染症拡大防止のためのお願い」は、暫く来ないうちに撤去されていました。

メイはその場に腰を下ろすと、チューリップの包みを外しにかかりました。花をくるんであったのは、ラッピングペーパーでも、セロハンですらないただの白い紙でしたが、セロテープを剝がすメイの手つきは、プレゼントを開封するときの父と同じくらい丁寧でした。メイが地面にチューリップを供えるのを見て、わたしも同じようにガーベラの花を手向けました。ウェストバッグの中で、スマホが振動するのを感じましたが、わたしは無視して紙袋の中に手を伸ばしました。チューリップとガーベラの間に、青い包み紙のキャンディを二つ置くと、メイは半ば目を伏せ、半ば目を開いた状態で、

「それ、すごく溶けやすいらしいよ」

「じゃあ、ちょっとだけ」

プレゼントの中身は、ペコちゃんのハンドタオルとプレミアム生ミルキーでした。わたし達はまず元々そこにあったじゃばら飴を食べ、続けて光沢感のある青い包み紙を開きました。

「初めて食べたけど、美味しいね」

一粒六十円以上するお高いミルキーなだけあって、まるで練乳をそのまま食べているような食感でした。メイの言っていた通り、真っ白なキャンディは舌にのせた途端、あっという間に溶けてしまいました。そのくせメイも、わたしも、どちらもなかなか次の言葉を紡げずにいました。手の中の包み紙――裏面は眩いばかりの銀色でした――にはね返った日差しが、ぎらぎらと目を突き刺してきました。わたしは銀色をくしゃりと握り潰すと、

「なんであのとき、妹さんの名前を名乗ったの？」

これまでずっと訊くに訊けずにいた質問をメイにぶつけました。メイはポシェットの中に手を突っ込んだまま、首をもたげ、息を吐きました。ベージュ色のマスクが微かに膨らんだのち、また微かに萎んだような気がしました。メイはチューリップの傍に、レモン味とぶどう味のキャンディを並べながら、なんでかなぁ、と呟きました。少し舌足らずな、幼い声でした。

「自分のことなのに、よくわかんないや。誰かにタマキの名前を呼んで欲しかったのかな？」

メイは人差し指の先端で、軽くチューリップをはじくと、地面に生えていた草をむしり始めました。天気が良すぎるせいか、メイの額はうっすらと汗ばんでいました。何となく、ラメの入った白いマニキュアを思い出しました。地面の上に伸びる影をぼんやりと眺めていると、ウェストバッグの中で、またしてもスマホが振動しました。メイはネコジャラシを引っこ抜きながら、出ないの？　と言いました。バイブ音の長さからして、おそらくメッセージではなく、電話だと思います。案の定スマホの画面を見ると、父からの着信履歴が残っていました。

「かけなおさなくていいの？」

メイの言葉に一瞬遅れるようにして、再びスマホが震え始めました。

「出た方がいいんじゃない？」

腰を上げ、緑色の受話器マークをスライドさせると、もしもし、と答えるより先に、父の甲走った声がスピーカーから迸《ほとばし》りました。父は一方的に捲し立て、一方的に電話を切ってしまいました。スマホを握ったまま立ち竦んでいると、なんか、手術とか聞こえたけど、とメイが躊躇いがちに話しかけてきました。父の声はいつになく大きく、急《せ》いていましたから、スピーカーモードに切り替えなくても、音漏れしていたのかもしれません。

母が帝王切開することになったって、と父が言っていた通りの言葉を繰り返せば、メイは今日が予定日だったの、と目を丸くしました。

「予定日はまだ一ヵ月以上先」

「何かあって、病院に運ばれたってこと？」

「何かなんてあるわけない。今日退院する予定だったんだから」

メイはそれって、と言いかけたものの、思い留まったように目を落とすと、さっきの電話、お父さん？　と上目がちに訊いてきました。頷くと、メイはわたしの二の腕に触れながら、お父さんはなんて、と促してきました。

「とりあえず、病院に行ってみるって」

どうしよう、と呟くと、メイはすかさず大丈夫だよ、とわたしの腕を擦《さす》りました。

「受け入れ先が見つからないならともかく、ちゃんと病院が見てくれてるんでしょ?」

「わたしのせいだ」

「それはない」

「違うの、本当にわたしのせいなの。生まれてくる前に死んじゃえって、お地蔵様に願ったの」

メイの干からびた瞳が音もなくひび割れていくのを、わたしは目の当たりにしました。メイは瞠目し、息を呑み、おそらくマスクの下で限界まで顔を歪めました。どうして。幼い果実が木から落ちるように、マスクの隙間から零れ落ちた声には、明白な嫌悪感が滲んでいました。

「妹が生まれたら、自分の居場所がなくなるって思ったの」

しずくはお姉ちゃんになるんだよ。初めて母にそう言われたとき、わたしが覚えたのは紛れもない恐怖でした。母を、父を、赤ん坊にとられてしまうと思ったんです。幼い子どもにありがちの感情と言われてしまえばそれまでですが、わたしの胸の中に渦巻いていたのは、嫉妬と呼ぶにはいびつすぎる感情でした。徐々に膨らんでいく母のお腹が、わたしは怖くて、怖くてたまりませんでした。まだ名前さえ持たない妹が、注射よりも、光よりも、あなたのことを思い出しているときの母や祖母の顔よりもうんと恐ろしくて、そんなに怖がるくらいなら、いっそのこと生まれてくる前に消してしまえばいいと思ったんです。

「わたし、父親と血が繋がってないの。実の父親は、わたしが生まれた次の日に自殺した」

あの日、玄関にランドセルを放り投げると、わたしは自転車の鍵を摑んで、家を飛び出しました。母が仕事から帰ってくるまでにはまだ時間がありましたが、一刻も早く、お地蔵様の元へ行きたかったんです。公園に着くと、わたしは自転車を柿の木の下に停めました。それから周りに誰もいないことを確認すると、キュロットのポケットの中に忍ばせていたリボンを、お地蔵様の首に巻き付けました。

もう七年近く前の話です。クリスマスプレゼントに使われていた真っ赤なリボンは、とっくに誰かに捨てられたか、お焚き上げされたものとばかり思っていたのですが、どうやら違っていたみたいです。でなければ、退院当日に手術が行われるなんて、こんな馬鹿げた話あるわけがありません。

後ろから名前を呼ばれた気がしましたが、足を止めることなく、走り続けました。わたしは呪いを解かなければなりませんでした。あの日、あなたのことを思いながら結んだ赤いリボンを、母のために、父のために、今こそ解かなければなりませんでした。

うちにはどうしてママしかいないの？　幼いわたしがこの手の質問をすると、母は決まって夢から覚めたばかりの人のようにゆっくりと瞬いたものでした。母は一旦包丁をまな板に置くと、遠くのものを見るように目を眇《すが》めました。それから、とんとんと自分のお腹を叩くと、ママしかいないのは、うちだけじゃないでしょ、と微妙に論点をすり替えた答えを寄こして、人参を切る作業に戻りました。

確かに、同じさくら組のノンちゃんとくぅちゃんの家は、我が家と同じように母子家庭でした。でも、以前には二人にもパパがいたことを、わたしは当人達の口から聞いて知っていました。ある日ノンちゃんは、わたしを教室の外へ連れ出して、うちはパパが浮気したせいで離婚したの、とこっそり打ち明けてきました。一方くぅちゃんは日頃から、パパは虹の橋を渡って、チロルと同じところに行っちゃったんだ、とクラス中に言い触らしていました。ちなみにチロルというのは、保育園の裏にある家で飼われていた柴犬の名前です。

誰だって大切なものが手からすり抜けて行けば、強い喪失感に襲われるものですが、もともと存在しなかったものを嘆くことができるのは、想像力に富んだ人間だけです。だからわたしは、親に気兼ねなくおんぶしてもらえる友人達をやっかむことはあっても、父親がいるというだけで誰かを羨んだことはありませんでした。

わたしがポテトサラダを好物だと断言できるのは、過去にポテトサラダを食べた経験があるからです。キャビアとかフォアグラとか、高級食材であることは知っていても、実際に味わったことがないものを好きか嫌いか判断できないのと一緒で、一度も会ったことのない相手に対して、ポテトサラダやカニクリームコロッケに向けるのと同じ愛着を持てというのは土台無理な話でした。

ただ、そうはいっても、父親が不在の理由——離婚したからなのか、虹の橋を渡ったからなのか、その一点だけは気にかかりました。好奇心ゆえの質問で、深い意味なんてありません。わたしは単に、ノンちゃんのようにこそこそするべきなのか、くぅちゃんのように堂々とするべきなのか、自分の立ち位置を把握したかっただけなんです。

でも、母はそうは捉えなかったのだと思います。その証拠に、わたしがこの質問をする度に、母はトイレに籠城しました。よそはよそ、うちはうち、なんて言いながら、暫くの間は澄ました顔で家事を続けているのですが、母はふいに表情を凍りつかせたかと思うと、いきなり何もかも放り出して、トイレに立てこもってしまうんです。当初は何が原因で、母が豹変するのか見当もつきませんでしたが、何度か同じようなことが起きたあと、母に向かって引き金を引いていたのが、他でもない自分だったことに気づきました。

以来、わたしは父に関する質問を、一切口にしなくなりました。わたしが尋ねない限り、母も、静岡や秋田の祖父母も、誰一人進んで口を開きたがる人はいなかったので、自ずとわたしは父親のことを何も知らずに育ちました。

実父が他界していることが明らかになったのは、年に数回訪れる石だらけの場所が、死者を埋葬するための場所だと自力で理解したあとのことです。白い御影石の前で手を合わせながら、これが〝おとうさん〟というものなんだろうか、と首を捻ったのを覚えています。物言わぬ墓石は、絵本に出てくる父親のイメージとはあまりにかけ離れていて、むしろわたしの目には、母の友人のなお君の方が遥かに父親らしく映ったものでした。

父親の死因を知ったのは、それから更にもう何年かあとのことです。九歳の夏休み——いいえ、もしかしたら冬休みだったかも。どちらにせよ、一人で静岡の家に泊まりに行っていたときのことです。

かつて我が家には、長期休暇はなるべくわたしに沼津で過ごさせる、という不文律がありました。学校が休みに入ると、母は車でわたしを静岡に送り届け、休みが終わりに近づいてくると、また東京から迎えに来たものでした。まぁ、母が正式に再婚してからは、そんな恒例行事も廃れてしまったのですが——話が逸れました。あの日は確か、祖父と祖母に急用ができて、清水にある真央ちゃんの家に半日だけ預けられることになったんです。伯母夫婦は共働きのため、わたしの面倒を見てくれたのは真央ちゃんでした。

当時真央ちゃんはまだ高校生でしたが、小学生のわたしからすれば大人も同然でした。真央ちゃんは世話好きの優しい性格で、わたしの我が儘を何だって聞いてくれました。わたしがきゃりーちゃんみたいな髪型にして、とおねだりすると、ヘアアイロンとムースを使って、髪をふわふわにしてくれましたし、つけまがつけたい、と駄々をこねると、おばちゃんには内緒だからね、と言いながらも、わたしの貧相な睫毛を、少女漫画みたいな睫毛に仕立て直してくれました。

あの日もわたしが爪を塗って、とせがむと、真央ちゃんはクローゼットの中から、マニキュアが詰まった小さなトランクケースを持ってきてくれました。A4サイズのトランクケースには、普段わたしが小学校で使っている絵の具セットよりずっと多くの色が揃っていました。どの色がいい？　と訊かれて、わたしは悩みに悩んだ末に、真央ちゃんが一番好きな色を塗って、と答えました。真央ちゃんは少しの間思案したあと、蓋の部分にピンクのラインストーンがついた洒落たデザインの瓶を摘まみ上げました。十分後、シーリングライトに両手をかざしながら、わたしは喜びを抑えることができませんでした。爪がキラキラしているだけで、身長が伸びたわけでも、全国の県庁所在地がスラスラ言えるようになったわけでもないのに、何だかすっかり一人前の大人になったような気がして、舞い上がって、調子づいて、それでつい口を滑らせてしまったんです。

ママとなお君の結婚式のときも、同じようにしてくれる？

その頃には既に両親は事実婚の状態でしたが、なお君が名実ともにパパになってくれることを、わたしは長い間心待ちにしていました。だから母から、なお君と結婚するかもしれないと聞かされたときは、本当に嬉しくて――わたしは大好きな真央ちゃんと、ただ喜びを分かち合いたかっただけなんです。でも、真央ちゃんから返ってきたのは、想像もしていなかった言葉でした。

真央ちゃんに悪気がなかったことはわかっています。真央ちゃんにはわたしと違って、あなたとの思い出が両手で抱えきれないほどありました。だから母が再婚することが、皆が頑なに口を閉ざしている現状が、わたしが何も知らないままのうのうと生きていることが、許せなかったのだと思います。真央ちゃんとは今でも年に数回はメッセージのやりとりをしています。ついこのあいだも、出産祝いのスタンプをこれでもかと送り付けたばかりです。けれどあなたの死が白日の下に晒されて以来、わたしの目の中には、やまない雨が降り続いているんです。

何重にも巻かれた縄の中に、わたしは無理やり十本の指をねじ込みます。綱引きでもするみたいに強く縄を引っ張ると、ささくれ状に尖った部分が指に食い込んで、ちくちくしました。また何度も同じ場所がこすれるせいで、手のひらがじんじんしました。暫くすると、小指の感覚がなくなりました。指の腹が異様に赤くなって、痺れるような熱さが、突き刺すような痛みに変わりました。もしかしたら、手の皮が剝けてしまったのかもしれません。うっ血のためか、指がぱんぱんに腫れ上がっていました。

それでも、母の手に比べればましでした。父の献身的な支えのおかげで、母は何年も前に摂食障害を克服しましたが、その手の甲には未だに吐きだこの跡が残っていました。あの頃母が一体何を思って嘔吐を繰り返していたのか、わたしに知る由はありません。ただこれだけははっきりと言えます。母を追い詰め、癒えることのない傷跡を刻んだのはあなたです。

闇雲に縄をかきむしっていたわたしの手に、ふいに遠い日の母の手を思わせる骨ばった白い手が重なりました。メイは今にも泣き出しそうな声で、しずくちゃん、とわたしの名前を呼びました。

「そんなことしたって意味ないよ」

「じゃあどうすればいいの」

わたしはやり場のない怒りを、メイにぶつけました。

「何度も何度も、あれはなかったことにしてくださいって謝った。それでも一向に赤ちゃんができなくて、やっとできたと思ったら今度は流産して、これ以上わたしにどうしろっていうの？　どうすれば許してくれるの」

妹を失って、打ちひしがれる両親を見て、自分が取り返しのつかない罪を犯したことに気づきました。なんて酷いことをしたんだろう。あんなこと、願わなければよかった。ヤドカリみたいに布団の中に閉じこもって、どれだけ後悔したかわかりません。でも、どんなに謝っても、お地蔵様は絶対にわたしを許してくれませんでした。わたしの薄汚い本音を見透かしたように、あのあとも何度も何度も、母のお腹の中から幼い命を摘み取り続けました。

「しずくちゃんは、本気でこの縄を解きたいの？」

メイの問いかけに、わたしは縄に指をかけたまま頷きました。

「なら、ここで待ってて」

駅へ向かって駆けていくメイの背中を見送りながら、わたしはあなたのことを考えました。

わたしは神様も、天国も、地獄も信じていません。人は死んだらそれでおしまい。お涙頂戴のファンタジー映画みたいに、家族に会いに来ることもなければ、ホラー映画みたいに、自分を殺した悪党どもに復讐して回ることもありません。あなたが働いていた会社は、従業員が一人首を吊ったくらいじゃびくともしなくて、わたし達家族を滅茶苦茶にしたくせに、家族団欒風のコマーシャルをいけしゃあしゃあと垂れ流し続けています。

死んだら自分の苦しみをわかってもらえるなんて、ただの幻想にすぎない。あてつけがましく職場で自殺したって、騒がれるのは最初のうちだけ。半年も経てば、加害者も、マスコミも、野次馬も、あなたのことなんて簡単に忘れてしまうんです。そんな単純なこともわからず、自分の命をどぶに捨てたあなたを、わたしは心の底から軽蔑します。わたしは一度だってあなたのことを、父親なんて思ったことはありません。あなたは親を、妻を、娘を捨てたんです。全ての繫がりを断ち切って、自分一人楽になろうとしたんです。

仮に本の中に出てくるような死後の世界が存在するとしたら、あなたはきっと地獄に落ちるんでしょうね。それか賽の河原で延々石を積み続けるんです。お墓参りに行く度に、祖母はあなたのためにお地蔵様に花を手向けていますが、親不孝者が極楽に行けるはずがありません。あなたは知らないでしょう？　祖母が今も定期的に、あなたの部屋を掃除していることを。その部屋でわたしがどんな思いであなたの欠片を拾い集めたか何も知らないでしょう？　あなたの学生時代の日記を読んで、あなたのお気に入りの曲を聴いて、引き出しの中に入っていた万年筆をこっそり持ち出して――。わたしがどんな気持ちでミルキーを舐めているかなんて、あなたにわかるわけがないんです。だって、あなたはもうどこにもいないんだから。

お地蔵様の首元にきつく絡みついた縄に指をかけ、改めて力を込めようとしたとき、園内に耳をつんざくような声が響き渡りました。背後を見ると、橋のたもとで四つの影が揺れていました。犬を連れた中年女性と、三十代くらいの男の人、それから声の出どころだろう保育園児くらいの女の子。

大人達が恐縮した様子で頭を下げ合っている一方で、女の子は泣きながら父親の足にしがみついていました。まるで手を放したら最後、一巻の終わりとでもいうような噛り付きようでした。大人しそうなレトリバーが、しょぼくれた風に尻尾を垂らしていました。大方犬を触りたがった張本人が、途中で怖気づいたとか、そんなところでしょう。別に珍しくもない話でした。たまたまわたし達の間に起こり得なかったというだけで、どこにでもあるような、何ていうことのない光景でした。

ときどき、考えることがあるんです。今日があなたの命日でなかったら、ただの父の日だったら、わたし達はどんな親子になっていたんだろうって。馬鹿みたいですよね。いくら想像したところで、現実になんてなりっこないのに。

乱れた前髪の隙間から、青い果実を探していると、遠くから地面を蹴るような足音が聞こえてきました。女の子がしゃくり上げる声が小さくなっていくのと反比例するように、足音はどんどん大きくなっていきます。ジャスミンの香りを含んだ温い風が、目の前を駆け足で通り抜けていきました。わたしは縄から手を放すと、地蔵堂の後ろに隠れるように落ちていた青い実に手を伸ばしました。そのとき、心臓の辺りに強い振動を感じました。わたしは弾かれるようにスマホを手に取りました。電話はものの数分で終わりました。スマホを耳から外すと、メイが肩で息をしながら、お父さん、何だって、と上擦った声で訊いてきました。

「生まれたって」

「お母さんは?」

「無事だって」

わたしの言葉に、メイは喉を引きつらせ、両腕をわななかせました。メイの右手には、コンビニで買ってきたと思しきカッターが握りしめられていました。腕の振動は徐々に全身へと伝わっていき、やがて黒い瞳に大きな波紋を描きました。目の奥から透明なものがじわりじわりとせり上がってきて、水を張った瞳がきらりと光りました。下睫毛の縁に溜まった水の玉は、微かに震えたあと、雨垂れのようにベージュ色のマスクに滴り落ちました。

「どうしてメイが泣くの？」

「しずくちゃんが泣かないからだよ」

メイは地面にぺたんと座り込むと、犬に怯えた少女のように声を上げて泣き始めました。周囲にいた何人かが驚いたようにこちらを振り返りましたが、メイは人目をはばかることなく泣きじゃくり続けました。固形物のようなころんとした涙が、次から次へとマスクの下に吸い込まれていくのを呆然と見守っていると、にわかに視界がぼやけました。頭痛の予兆かと思いましたが、地面にできた染みを見て、雨が降って来たのだと悟りました。大きく息を吸い込む度に、小さく跳ね上がるメイの背中に、わたしは自分の額をそっと預けました。

目をつぶると、当たり前ですが何も見えなくなりました。白い光も、七色のスペクトルも、今では手の届かないところへ行ってしまったみたいです。それでも雨は降りやまず、わたしの頰や手を柔らかく濡らし続けました。

おとうさん。

六月の雨はどうしてこんなにも寂しくて、どうしてこんなにも温かいんでしょうね。

初出
「群像」２０２３年６月号

装　画　Genie Ink

装　幀　岡本歌織（next door design）

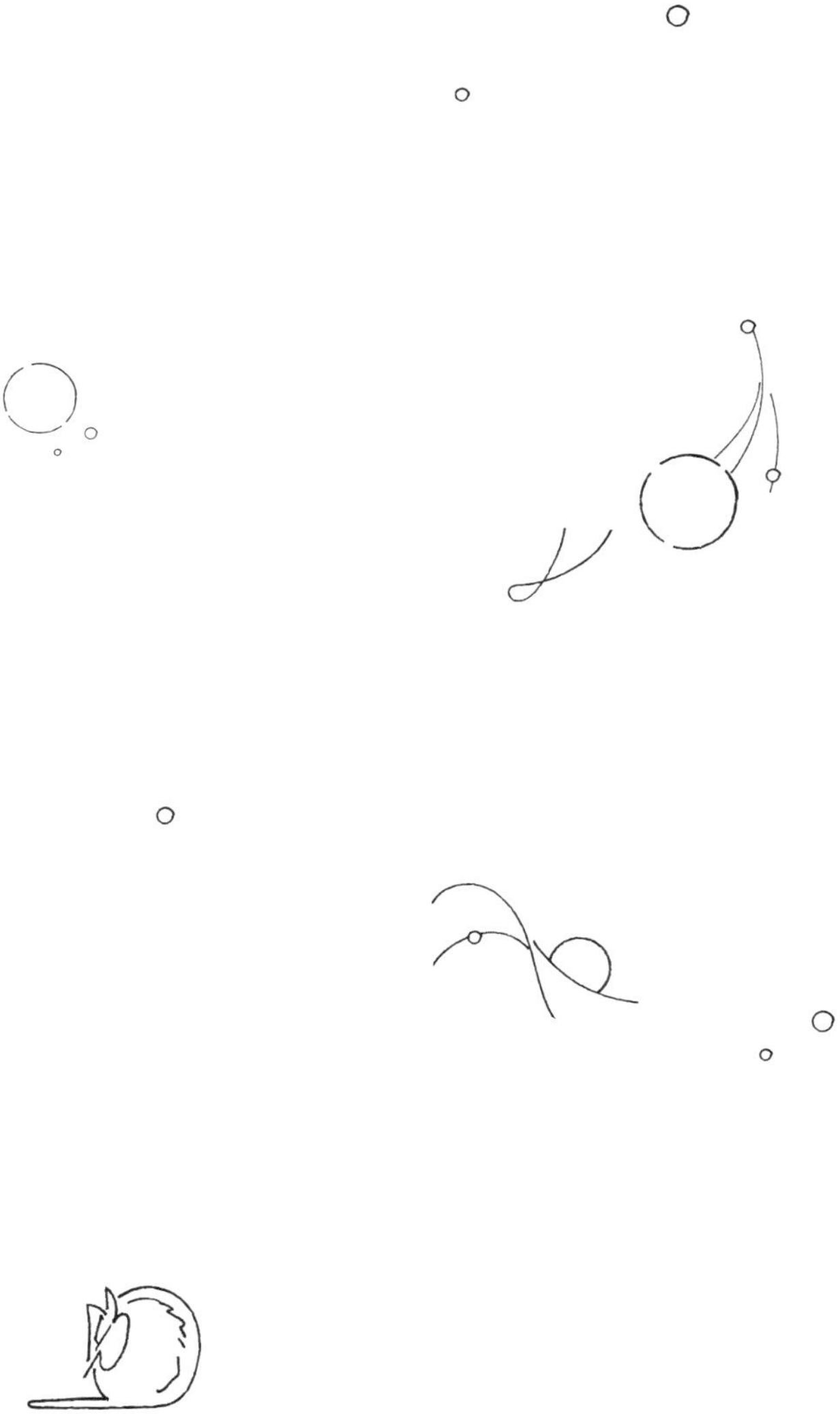

夢野寧子（ゆめの・ねいこ）
１９８６年、東京都生まれ。
東京女子大学文理学部社会学科卒業。
「ジューンドロップ」で第66回群像新人文学賞を受賞。

ジューンドロップ

2023年7月27日　第1刷発行

著者　夢野寧子《ゆめのねいこ》

発行者　鈴木章一

発行所　株式会社講談社

〒112-8001 東京都文京区音羽2-12-21

電話　出版 03-5395-3504　販売 03-5395-5817　業務 03-5395-3615

印刷所　凸版印刷株式会社

製本所　株式会社若林製本工場

本文データ制作　凸版印刷株式会社

KODANSHA

ISBN978-4-06-532679-4